幸せのつくりかた

妻・照子の底なしの愛

人材教育研究家
林 薫
KAORU HAYASHI

河出書房新社

プロローグ

日記をめくって日付を見ると、それは2016（平成28）年3月8日のことでした。私は妻、照子と、京都の街中で待ち合わせをしていました。

私との待ち合わせ場所に来る前に照子は、歯医者に行くために、山科御陵《やましなみささぎ》にいました。診療を済ませ、地下鉄に乗ろうと最寄《もよ》りの御陵駅に行きました。

この駅は、少々わかりにくく、照子は三条方面に行くのを間違えないようにと、誰かに聞いて確かめておこうと思いました。

ちょうどそこに、目の前を長身で身ぎれいな紳士が通りかかりました。人通りの少ない時間帯、照子はとっさにその紳士に、京都市役所前を通る電車はどちら側のホームかを尋ねました。その紳士は、ていねいに教えてくれたと言います。

ほどなくして到着した電車に乗り込むと、座席は空《あ》いていませんでしたが、座っていた若い女性が「おかけになられますか」と席を立ち譲《ゆず》ってくれました。

照子はお礼を言って、そこにかけさせてもらいました。

しばらくすると、同じ電車に乗りわせていた先ほど行き先を聞いた紳士が、たまたま空いた隣の席に座りました。照子はそれに気がついたとき、若干の戸惑いを覚えましたが、親しい間柄でもないのでそのまま静かに座っていました。

目的の駅に着き、席を立って電車から降りると、隣に座っていたその紳士があとから降りてきて、照子に声をかけたのです。

「今日は素敵な奥様にお目にかかりました。ありがとうございました」

物腰柔らかに、しかし紳士らしく控えめにそう言い、立ち去ったそうです。

妻の照子は、このとき76歳。夫の私が言うのもなんですが、歳を重ねてはいるものの、照子はにじみ出る美しさと気品をそなえています。街で人目を引くのも無理のないこと、と私は思っています。

照子は、ネクタイをしてスーツを着こなすその品のいい紳士は俳優を思わせるような佇《たたず》まいだったと、年甲斐《としがい》もなく、嬉《うれ》しそうに話していました。

先に道を尋ねたとはいえ、知らぬ男性から声をかけられたというこのエピソードは、夫としてはやや気が気ではない気持ちもあるものの、それにも増してその紳士が残した言葉に私は、何か誇らしいものを感じました。

1971（昭和46）年、父親との確執《かくしつ》から私は、幼子4人と明日の命もわからない病弱な照子を連れて誰1人知らない京都へやって来ました。古びた360ccの軽自動車に、毛布数枚と子どものおむつ、着替えの入ったふろしき包みを2つ、そして数冊の本を詰め込み、そこに6人がぎゅうぎゅうになって乗り込みました。

所持金はわずか5千円でしたから、雨露を防ぐ最低限のアパートすら借りることもできず、仕事もありませんでしたから、子どもたちの空腹を満たすため近くの市場から売り物にならず捨てられていた腐りかけのトマトやキャベツ、ナス、ニンジンなどをお断りしていただき、なんとか飢えをしのいでいました。

照子は、公園の水道で子どもたち4人を裸にして体を拭《ふ》いていましたが、衰弱して頬《ほほ》がこけ、血の気のない土色の顔でした。あたりは車や木の枝にたくさんの洗濯物が干されていました。

その後、なんとかアパートを確保、仕事も見つかってホッとしたものの会社が倒産。以前にも増して地獄を見ることになります。このように想像を絶する貧乏生活をくぐり抜け、私が営業マンとして成功を収め現在、幸せな生活が送れているのは奇跡としか言いようがありません。それは、照子の生き方・考え方に支えられたからです。

私の妻、照子は、私の自慢の妻であり、なくてはならない存在です。

私の人間としての至らなさをカバーし、時に励まし、時に未熟さを包み込んで、私を支え続けてくれました。今、照子に、心からの感謝を伝えたい。そして何よりも深い、ありがとうの言葉を伝えたい。

私の人生を支えてくれた照子の、私と共に歩んだ軌跡を紐《ひも》解きます。

きっと読者のみなさまに「そうか、そうすればいいのか」と、勇気と気づき、そして生きる力をお届けできると信じます。

幸せのつくりかた・目次

プロローグ……2

照子の生い立ち……14

岩場のユリ……14
幼くして亡くした母……16
2人の母……19
家の手伝い……22
女学生時代……23
照子と兄弟たち……26

結婚……30

私と照子の出会い……30

結婚……33
新たな生活の始まり……35
父との確執……39
照子への冷たい仕打ち……41

京都での再出発……45

新天地をめざして……45
路上生活……47
ままならない日々……49
仕事探し……53
心の支え……56

照子と子育てと……60

貧しい暮らし……60

原点を忘れない……63
三男の病気……67
「あかん、あかん、お母さんも食べ！」……70
照子の祈り……74
人生を導いてくれた出会い……78
青天の霹靂……84
絶体絶命……90
信じられない出来事……93
最大の試練……95
「日本一の営業マンになろう」……98
「幸せを運ぶ配達人」……103
心の感謝状……107
愚痴ひとつ言わない妻……110
寄り添う……114
照子の大きな愛……119
娘を信じた照子……124

照子の荷下ろし……129
花への愛……131
恩師の言葉「こそ」の教え……132

照子の強さ……139

照子の一言……139
「よいことが丸々じゃないですか」……144
「はい」に現れる誠実さ……146
照子にとっては「みんないい人」……150
照子の強さ……153

書道の教師としての顔……158

照子の前進……158
「かおるスタディ」開講……160

生徒に対する底なしの愛……162
Mちゃん……164
「我が子のように生徒を愛しなさい」……167
生徒にやる気を起こす……169
照子の励まし……171
照子のような先生になりたい……173
いつまでも先生……175
照子の深い思いやり……177
照子と生徒の深い絆……179
ご奉仕……185
家族との日々……187
照子の苦労……187
照子の器……189
父の詫び……192

父と私……194
「お父様、ごめんなさい」……197
長男の勇気に涙……201
母の教え……208
心を強くする秘策……211
生き方の師……219
思いやる幸せ……225

成長する人の法則……228

成長する人の法則 八ヶ条……228
「人を愛し、人を大切にする」……231
「何事も恩返しと考えて行動する」……234
「愚痴を言わない」……238
「聞き上手になる」……240
「未来を見つめ、コツコツと積み重ねる」……242

「切り口上を吐かない」……… 244
「今を大切に、熱心であること」……… 246
「自分を信じ、堂々と誇りを持って行動する」……… 248
エピローグ……… 252

幸せのつくりかた

妻・照子の底なしの愛

照子の生い立ち

岩場のユリ

照子は北海道の室蘭市輪西町《むろらんしわにしちょう》で生まれ育ちました。

生家は海からほど近い所にあり、子どもの頃は夏になると、家から1キロほどの坂道を上がり、毎日遊びに行ったと言います。

海が一望できる高い崖《がけ》の上から、鳴砂《なきすな》（砂地を歩いたとき、キュッキュッと音を出す砂）の砂浜で知られるイタンキ浜へ。大人ならば怖《お》じ気《け》づいてとても降りられないような急な坂道を子どもの小さな足で転《ころ》がり走るように降りていったと言います。

照子がいつも話してくれるのですが、海につながる崖道の岩場には、白いユリの花がよい香りを漂《ただよ》わせて咲いていたそうです。

岩と岩の間から顔をのぞかせているそのユリが、子どもながらにいつも不思議でした。

「岩しかないところに咲く花なんて」

照子はある本で、風雪にさらされながら崖の間から顔を出し無心に咲く花から人生を学ぶ一節に触れたとき、自分が子どもの頃に見た岩場のユリを思い出したと言います。

北海道の冬はひときわ厳しいですが、冬は不毛の岩場でも、短い夏にしがみついて無心に咲く花があることを照子の話から知りました。

この話を照子から聞くと、私はそのユリは照子のようだといつも思うのです。

照子の子どもの頃のそんなエピソードも、私の中ではユリと重なる照子が見えるのです。

そのユリのように岩場にひっそりと、しかし力強く根を張り、風雪をくぐり抜けては毎年咲いているのが、私の妻、照子の生き方を表しているように思えてなりません。

幼くして亡くした母

照子の実家は、米穀《べいこく》を中心に肥料、飼料等、卸小売りと手広く商いをしていました。近くに富士製鉄があり、目の前にはその社宅が立ち並び、商店街もにぎわっていました。輪西の町は活気あふれる街だったのです。

そんな中で家族は、両親と子ども6人、奉公人もいて順風満帆《じゅんぷうまんぱん》でした。

しかし不運が訪れます。

照子の母が、照子が4歳のとき、不運にも妊娠中に転倒しました。

それが原因で照子の母は、腹の子を死なせたばかりか、自分も6人の子を残して命を落としてしまったのです。

若くして最愛の妻を亡くした父親は、さぞ悲しく辛《つら》かったことでしょう。

5番目の照子の下は、2歳の妹でした。しばらくして、まだ幼い子らを育てるためには母親が必要と、勧めてくださる人がいて父は再婚し、新しい母が2人の男の子どもを連れて、実家に入ることになりました。

その母は、照子たちきょうだいにとてもよくしてくださったそうです。器用で、物知りで、よく働く、素晴らしい人だったそうです。照子もこの第二の母に育てられました。

上の3人の姉たちは、半ば父の主導で、早々に年の離れた人と結婚していきました。

嫁《とつ》いで家を出るその日、姉はみな、泣きながら照子たちをあとにしたそうです。そうした姉たちの姿を見て照子は、結婚とは泣いて嫁いでいくものだと思っていた、と私に言ったことがあります。

幼い照子は、新しい母によくしてもらったものの、やはり自分を生んでくれた本当の母親が恋しくなることが度々あったそうです。

それもそうでしょう。物心ついたときに永遠の別れを余儀なくされたのです。子どもの心にそれを理解し、受け止められるはずもありません。

4歳の照子と2歳の妹は、いつも亡き母の仏壇の前で遊んでいたと言います。仏壇の引き出しを引いたり返したり、並んでいる道具を、触ってみたりして遊びました。

ある日、2人が喧嘩《けんか》をして仏壇の前を走り回っていたとき、仏壇が大きく光ったと言います。驚いた2人は喧嘩をやめ、父のところへ飛んでいきそれを話すと、父は「お母さんが喧嘩をしてはだめよ、仲よくしてねと言っているよ」と諭《さと》しました。2人はうなずいたと言います。

またこんなこともありました。

それは照子が5歳くらいのときのことでした。あまりの寂しさに耐えられなくなったのでしょうか。室蘭市中島町《なかじまちょう》に嫁いでいる1番上の姉の家に、20キロもあるかと思われる道のりを雪の中、たった1人で歩いて行ったというのです。

照子は、雪が降り続き前が見えない中、線路づたいにひたすら歩き続けました。そのとき、ポーポーとかすかに遠くのほうから、汽笛のなる音が聞こえました。照子が、線路の脇によけたとたん、けたたましく汽車が横を通り過ぎていったと言います。

汽車は雪を巻き上げて、ものすごいスピードで照子のそばを走って行きました。照子は、頭から雪をかぶって、真っ白になって、さらに歩いていったそうです。きっと姉のもとを目指して一心不乱だったのでしょう。

姉の家に着くと、

「どうしたの、1人で来たの？」

と温かく迎え入れてくれたといいます。その夜は、姉とその夫と川の字になって寝たのを覚えているそうです。

雪の中を1人黙々と歩くその情景に思いをめぐらすと、幼い照子が不憫《ふびん》でなりません。しかし、この幼い頃のエピソードに私は、どんなときも自分を信じて行動する強さを持つ照子の片鱗《へんりん》を見るのです。

2人の母

新しい母は、よく気のつく人で、器用な人だったそうです。とくに料理が上手でした。

月見の頃になると、米粉で月見団子をよくつくってくれました。それは上手につくってくれて、忘れられない味の1つでした。

お彼岸《ひがん》には、必ずおはぎをつくってくれました。小豆《あずき》をゆでてあんこを炊《た》きますが、粒《つぶ》あんの練られ具合がとても上手で、照子はそれが大好きでした。

そのあんこを使ってつくった手作りの大きなおはぎが、大きなお皿に山盛りになって出てきました。照子はそれをいつも、5つも6つも食べました。

春になると母は、山に行ってヨモギをつんできて、ヨモギまんじゅうをふかしてくれました。

年の暮れになると、大晦日《おおみそか》の3、4日前から餅《もち》つきの準備をし、昆布巻《こぶま》きを作り、タラ、黒豆を炊いて、それはそれはとてもおいしいおせち料理とお餅を毎年お正月にいただきました。

葡萄酒《ぶどうしゅ》やどぶろくまで作ってしまうという、その新しい母に照子は、自然と料理を仕込まれていきました。

「私のしていることは、みな、その母から教わったことよ」

と照子はよく言います。

ほうれん草は砂が多いからこのように洗うのよ、ジャガイモは目のところは庖丁《ほうちょう》のここで取るのよ、みな母から教わったこと、と照子はいつも話していました。

料理の腕は、生まれ育った環境で決まると聞きます。照子は産みの母親から味覚を育てられ、育ての母親から料理を教わりました。

身を惜《お》しまず働くのも、育ての母から学んだ姿勢なのでしょう。

一方で、生みの母の写真を部屋に飾《かざ》って、手を合わせている姿をよく見かけます。

物心ついたときに亡くなったので、そう多くの思い出はないかもしれませんが、生みの母親のことも忘れずにいる姿に心を打たれます。

2人の母親を大切に思っている照子です。

家の手伝い

家が忙しい日、照子は家の仕事を手伝いました。

父親が小学校へ行って、「忙しいので、娘、息子に授業が終わったらすぐ帰るように伝えてください」と頼みます。

子どもたちは学校から帰ると、全員で袋に黄な粉を詰める作業をします。

照子や妹も、幼いながらも見よう見まねで、家業を手伝いました。そうして一家全員で家業を支えることが当たり前でした。

照子の脳裏《のうり》には、身体中が粉まみれになりながら、夜遅くまで働いている父親の姿が今でも目に焼き付いていると言います。

また、ときには店に出て、子どもたちがお客様に、

「いらっしゃいませ」

「ありがとうございました」

と接客の手伝いをすることも多かったと言います。

そんな中でも、姉、兄たちは、学校を首席で卒業しました。照子はそんな兄や姉の姿を見ていたので、仕事の手伝いと学業を両立することが当たり前、と思っていました。

そんな優秀な兄たちのおかげで照子は学校では、「谷澤、谷澤」と先生から可愛《かわい》がられたようです。

照子は目立つことが嫌いな性格だったので、それをいつも恥《は》ずかしがっていました。前の席の人に隠れるようにして授業を受けていましたが、先生はいつも「谷澤、谷澤」と何かと気にかけてくれます。親友の大枝さんといつもコンビでどこへも行動していたと言います。

女学生時代

照子は成長し、室蘭市立清水ヶ丘高等学校に通っていました。その頃はとても楽しかったと言います。

当時、男子学生は、足駄《あしだ》といって大きな下駄《げた》を履《は》いて音を立てて歩いていたそうですが、その音が聞こえてくると、女子学生は避《さ》けたり走って逃げたりしたそうです。

ある日の学校帰り、照子はその音を聞いて、とっさに逃げるように走っているうちに、路地裏に迷い込んでしまいました。

しばらく歩いていくと、目の前に大きな美しい教会がありました。門が開いていたので、照子はそこに吸い寄せられるように入っていきました。

中に入るとそこは異空間。薄暗く天井の高い空間の、正面にはマリア像がぼんやりと浮かんで見えました。その優《やさ》しい微笑《ほほえ》みと美しい姿に、思わず目がくぎづけになったと言います。

だんだんと目が慣《な》れてきて、あたりを見渡すと、高い天井の両脇にはめ込まれているステンドグラスからやわらかな光が差し込んでいます。広い室内は静寂で満たされ、照子は心が洗われるような気持ちになりました。

席には聖書が置いてあり、何気なく手に取ってページをめくると、心が安らぐのを感じたと言います。

以来、度々その教会を訪れては静かに手を合わせることが増えていきました。

もう何度もそうして訪ねるようになっていったある日、その教会の神父《しんぷ》さんが静かに声をかけてきました。

「洗礼をお受けになりますか」

一瞬戸惑った照子は、家の神棚と仏壇を思い出し、どうしてよいかわからずに「ありがとうございます」と答えてその日は帰りました。

このときのことをずいぶんあとになって照子の姉妹2人が、

「私たちが教会に行くようになったのは照子ちゃんがきっかけよ」

と教えてくれました。

照子は誘った覚えがまったくないのですが、姉妹2人は照子と連れ立って教会に足を運ぶようになったと言うのです。

きっと好奇心おう盛な照子が、教会での出来事を家に帰って姉たちにつぶさに語ったに違いありません。

心優しい照子は、自分が偶然見つけた教会で、マリア像やステンドグラスに囲まれながら手を合わせていることの安らぎを何よりも尊いと思ったのでしょう。

その後照子は、洗礼を受けることはありませんでしたが、姉たちにも影響を及ぼすような、多感な女学生だったと、その話を聞くと思うのです。

照子と兄弟たち

高校を卒業した照子は、しばらくの間家を手伝っていました。一方で、地元の書道会に所属して、書の勉強を始めていました。

そんな頃、照子の父親はひそかに、新しい母の連れてきた長男と照子が結婚すれば、家業も安泰《あんたい》と考えていたようでした。

新しい母が連れてきたその兄は、とてもまじめで、よく働くいい人だったと言います。

あるとき姉からそれを耳にした照子は、兄妹として育ってきたのに、そんなことはとても考えることはできないと、姉に伝え、いつしか意識して避《さ》けるようになっていったようです。妹もまた同様のようでした。

そんな折、札幌にいた3番目の姉が、足にけがをして困っているとの話から、照子は札幌へ行くことになりました。

姉の世話をしながら札幌で暮らす中で、時間を持て余すこともあったので、照子は稽古事《けいこごと》などを始めました。

若くはつらつとしていた照子は、おそらく近所でも目立つ存在だったのではないでしょうか。札幌で1年ほど過ごした頃、近所に住んでいた北海道庁の幹部の方にお誘いを受けました。

「道庁で働いてみませんか」

とりあえず1年でもいいとのお話だったので、照子はこれを受け、道庁の職員になりました。

そうして公務員として給料を得ながら、書道、華道、洋裁、編み物など、結婚前に一通り身に着けておきたいものに熱心に打ち込んでいました。

道庁は1年ほどで辞め、習い事に専念していたとき、1番上の姉から、「いい花嫁修業のできるところがあるから結婚前に行ってくるといい」と勧められました。

1番上の姉は、室蘭市の中島で呉服屋を営んでいました。

その姉は、とても気配りのできる女性で、人に尽くすことが大好きな、近隣でも評判の女性だったそうです。着物の仕入れに京都まで来るこの店の主人があまりにも注文が多いといって、卸問屋の営業マンがこっそり室蘭までやって来たという逸話の持ち主です。

室蘭の伊藤呉服店はどんな店か、京都室町で評判になっていたのです。その営業マンは、照子の姉を見て驚いたそうです。京都にもどこにも見ない、お客との和気あいあいの光景、店いっぱいに笑顔が広がっている、この人なら売れると室町でも益々大評判になったと言います。

そんな誰からも信頼が厚く、また仕事にも長《た》け、人脈もある姉からの話でしたので、照子はその姉が勧める修養所に3か月間行くことにしたのでした。

交通費、食費など、かかる費用は全部姉が持ってくれました。

そのときは、この姉の勧めが自分の運命を決めるとは、夢にも思っていなかったと言います。

結婚

私と照子の出会い

照子との出会いは、奈良でした。姉に勧められ、照子は奈良のとある研修所へとやって来ました。

ちょうどそのとき、私も同じ研修所に、父の勧めで3か月滞在していました。

ある日私はそこで、翌日の研修授業の資料を各部屋に配っていました。

いくつかめのドアをノックし、失礼しますと言ってドアを開けると、部屋の片隅に色白で天使のような美しい女性が本を読んでいました。

私はその美しさに一瞬、言葉を失いました。

これが私と妻との出会いです。

のちに聞くと、照子もこのとき、私を見て衝撃を受け、運命を感じたと言います。

これをきっかけに私たちは親しくなりました。

会話を重ねるうちに、ひかえめながらも芯《しん》の強いその人柄に次第に惹《ひ》かれてゆきました。私は「もうこの人しかいない」と思い、おつきあいを申し込みました。照子はそれに応《こた》えてくれました。

このとき私は、出会ったときから運命を感じていたこの女性と「いずれ一緒になろう」と決意しました。

しかし、それを知ってか知らずか研修期間がまだ終わらないうちに、彼女の兄が東京からやって来て「ここで勉強しなくても、どこでも勉強できるだろう」と、彼女を東京に連れ帰ってしまったのです。

私は残された荷物の中にあったぬいぐるみに手紙を忍ばせました。

「どんなことがあっても待っています。必ずまた会える」

そのぬいぐるみを知人が東京に寄った際に、照子に渡してもらいました。

しばらくして私は、照子の兄から東京に呼び出されます。

当時、その兄は、早稲田の学生でした。言われた通りに訪ねていくと、私は兄の友人たち4、5人に囲まれたのです。そして、

「照子から手を引いてくれ」

と説得されました。私が、

「それは断じて、できません！」

と言うと、だんだんと声を荒げる雰囲気になったことを覚えています。

しかし私は最後まで屈することなく、その場をあとにしました。

照子はその後、父親からの手紙をきっかけに、奈良の研修所に再びやって来ました。そして私と共に研修を最後まで終えました。

そして私たちは密《ひそ》かに、結婚を誓《ちか》い合いました。

のちほど知ったのですが、兄の友人の1人が照子を慕っていたとのことでした。照子はそれをまったく知るよしもなかったと言います。

結婚

研修を終えた照子は、北海道に帰っていきました。

すぐに、私との結婚について、家族に打ち明けたというのですが、ここでみんなからの大反対にあうことになります。

親戚も知人もいない名古屋という遠いところ。気候も違う、そして私は7人兄弟の長男、義理の父は団体の会長であり市議会議員です。苦労は目に見えていると、断固として認めてくれなかったそうです。

私のほうはというと、ワンマンで厳しい明治生まれの父に反対でもされたらと怖《こわ》く、まず始めに祖母に意中の人のことを打ち明けました。祖母は、

「そんなにあなたが好きな人ならば、私が北海道までもらいに行ってやる」

と、私の気持ちを理解してくれました。

やがて祖母が、父と母にこの話をしてくれます。祖母の口添えと、私の願いが通じて、話が順調に進んでゆきました。

両親の気持ちも決まり、いよいよ北海道に行くことになりました。１９６３（昭和38）年の秋でした。

私の同行者は、恩師の伊藤はな先生です。祖母と両親が、私のたっての願いなのでと先生に依頼をしてくれたのでした。

恩師と共に北海道に行き、照子のご両親に初めて会い、こちらの意思を伝えました。

照子の気持ちが固かったこともあり、照子のお父様もそれには反対することができず、最終的に認めてくださいました。

照子の妹が、姉がいなくなる寂《さび》しさに、照子の手を取って、

「一緒に逃げて」

と泣いてすがってきたことがあるそうです。

幼いときに母親を亡くして励まし合ってきた姉妹です。離れることがよっぽど辛《つら》かったのでしょう。それに対して父親は「決まったことなんだ」と一言だけ言ったといいます。

照子が北海道の室蘭駅から名古屋に来る朝、父親が駅で見送ってくれたそうですが、ホームで列車が見えなくなるまで立っていたそうです。

1964(昭和39)年、私たちは名古屋で結婚式を挙げることになりました。

私は、今後何が起ころうと、私1人を頼りに遠路はるばる嫁いできてくれた照子を絶対に幸せにすると固く決意していました。

さらに照子と共に私は、父の跡を継《つ》ぎ、社会のために尽くすという大きな夢を抱いて羽ばたこうと心に誓っていました。

新たな生活の始まり

こうして北海道生まれの照子は、私だけを頼りに、家族の反対を押し切る形で、名古屋の私のもとに嫁いでくれました。

挙式は1964(昭和39)年1月28日。何が起ころうとも、妻を絶対に幸せにしなければならないと、固く決意した日です。

私はこの頃、父の後継者としてこれから羽ばたいていくぞ、と大きな夢を抱いていました。

結婚して2~3年は、家族関係も非常に良好で、私の母も照子を大変可愛《かわい》がってくれていました。私たちは4人の子どもを授かりました。

母は腰の低い、優しい心の持ち主で、たとえば照子が床の拭《ふ》き掃除《そうじ》をしていると、

「照子さん、ありがとう、すみませんね」

と言うのです。

息子の嫁にすみませんまで言う必要はないのですが、必ず「ありがとう、すみません」と言う私の母の言葉を照子は今でも大切にしてくれています。

一方の私は、父の手伝いをして、あちらこちらにおいて、父の代役としてがんばっていました。

こうしてしばらくの間、私たち家族は幸せを築いていっていました。

ところがあるときから母が、尿道が悪い、膀胱《ぼうこう》が悪いと、病院へ通うようになりま

した。病院で調べるうちに子宮癌《しきゅうがん》がわかり、しかも末期《まっき》で手遅れと言われほどなく寝たきりの状態になってしまいました。

その頃から父は、団体の役員であり支援者の、ある特定の女性と親しくなっていました。その女性が夫婦気取りで寄り添うように家を出入りする姿は、私たち家族にとってはまともに見ていられないものでした。

伏せっている母が不憫《ふびん》で、父に意見もできず、私は悶々《もんもん》とした日が続きました。

そしてさらに、思いがけないことが起こり始めます。

照子が私の知らぬところで父から、今で言うパワーハラスメントを受けていたのです。ときにそれは辛辣《しんらつ》で、照子は立ち上がれなくなるほど打ちのめされていたのでした。

そんな頃、照子を支え右腕のようになり、手伝いをしてくださっていた同年代の女性が、父の勧めで遠くへ嫁《とつ》いで行ってしまいました。妻は身を削られるように悲しかったと言います。

容態が悪くなる母、介護と家を守る役目に日に日に疲労がのしかかる照子、そして家族を省《かえり》みないように映る父。

いつしか私たちの顔からも笑《え》みが消えていました。

このときの私たちはまだ若かったのでがんばっているつもりでも、未熟な面が多かったと思います。かたくなな心の整理もできないままに、父に接していたことが、父の怒《いか》りをかっていたのかもしれません。

父は、日一日と人が変わり始め、私たちに邪険《じゃけん》にあたるようになっていきました。とくに私の留守中に、妻に声を荒立てるようになっていたのです。しまいには「おまえなど顔も見たくない!」と言ったといいます。

たとえば、父が帰ってきていることに気がつかず、照子が子どもを風呂に入れていると離れたところからやって来て「私がいるのに言葉もかけず何事だ!」と大声で怒《おこ》りました。

以前は、そんな父ではありませんでした。

私には、女性が陰で、親が帰っているのに先に嫁が風呂に入っていることを告げているのがわかっていました。

父との確執《かくしつ》

だんだんと父のいらだちは、度合いを増していきました。

洗面所に来ては「洗濯で水を使いすぎている」、台所に来ては「こんなに忙しいときにイモの皮をむいているとは何事だ！」と大声を揚《あ》げる。

でも以前は、そんな父では絶対になかったのです。

照子はそんな中、4人の幼子を育てながら、同時に伏せっている母の介護をし、父のため、家のために、必死になってがんばっていました。

大好きな兄の結婚式も、大切な妹の結婚式にも出席できませんでした。子どもたちは4人共北海道へ里帰りに連れて行かれることもありませんでした。

私の母が元気でしたら、なんらかの産前・産後の配慮はしてくれたはずですが、既に関係の悪化していた当時の父に対して、そんなことすらも、こちらから申し出ることはできなかったのです。そんな過酷な状況下にもかかわらず、献身的に努めている照子は、本当によくがんばってくれていると、日々頭の下がる思いでした。

そんな中、母が52歳で逝去《せいきょ》しました。

その後の父と女性との仲が、さらに目に余るようになりました。

私にはどうしても、私たちの気持ちを意ともしない、その女性のふるまいを赦《ゆる》すことができなかったのです。

そうした私の心の内が、目に、顔に現れるのでしょう。

父の、私たちを見る表情が、いつしか怒りに満ちるようになっていました。

同じ家に住んでいない私のきょうだいは、女性のことを「母の代わりをしていてくれると思えばいいではないですか」と言って、自分の家に帰って行く人もいました。

それは母の在世中からそうでした。

見方によっては、きょうだいの言うことも一理あるのかもしれません。しかし、共に暮らしながら、団体の会長として、また政治家としてその存在を高めていく父を陰でずっと支えてきた母の、一部始終を見続けてきた私にとっては、胸が張り裂けるほど辛《つら》く悲しいことだったのです。

もちろん、きょうだいの中には、私と同じ思いで眺めていた者もいましたが、父の怖さに、何も言うことはできませんでした。

照子への冷たい仕打ち

私の留守中、照子は父から「私のところへ来なくていい、向こうへ行ってくれ」と言われたこともしばしばあったようです。

母のいるときは、照子もあまり気にかけないようにしていましたが、さすがに4人の子どもを育てながらのこと。精神的に辛くなり、さらに北海道から名古屋へと慣れない気候の中での暮らし。名古屋の暑さも尋常ではなく、体力も次第に落ち、ついに照子もときどき伏せるようになってしまったのです。

そんなある日、私は父の有力な後援者から、父が、

「息子には議員はさせない」

と言っていたという話を聞きました。私は愕然《がくぜん》としました。まさかそんなことを言

っているとは夢にも思いはしなかったのです。

議員うんぬんよりも、そんな言葉の出る親の心が悲しかった私は、目の前が真っ暗になりました。

その後の世間の噂《うわさ》は早く、いつの間にか父の代わりだと名乗りを上げて政治活動を始めるような人までもが現れる始末です。

あるとき私は父に言われ、長期に家を空《あ》けなければならないことがありました。

私は照子と子どもたちのことが、とても心配でした。私が勤めを果たして帰ってきたそのとき、妻は自力で立って歩くこともできない状態で私を迎えました。

私は怒りに震えました。父は何をしていたのだ？　周りの者は？

林家は父が絶対で中心の家。ほかの者は心配こそしても、それ以上のことは手出しできません。

食事はちゃんとできていたのか、病院には行ったのか、それとも家で何をさせられていたのか。炊事をしている手伝いの人に問いつめても、「お父様が……」と口を濁して何も教えてくれません。

私は即座に父のところへ行きました。

「照子がこんなに衰弱するまで、お父様は何を言いつけたのですか」

私は興奮し、父に対してそれまでにない大きな声で談判しました。激しい口論になった末、父はこう言い放ちました。

「おまえたちは、この家を出ていってくれ！」

もう顔も見たくないと言います。

私もついに堪忍袋《かんにんぶくろ》の緒《お》が切れました。

「もうこんな状態ではついていけない。これだけ妻も努めているのに、これでは妻を死なせてしまう」

思い、悩み、熟慮に熟慮を重ねた末に、断腸の思いで私は、妻と家族を守るために家を出る決意をしました。

父をここまでにしたのは、陰に女性の存在があることは間違いありません。そして父とこの女性を持ち上げている、ほんの一部の人間がいたことも事実です。

しかし、これも立場を変えて見れば、私たちが父の立場や状況がよくわかっていない中で、勝手な見方をして父の怒りを買い、努めが空回りしていたのかもしれません。

こうなるのも私たちの不徳でありました。今ではこれも天命であったのかもしれないと思っています。

いずれにしても当時の私は、こんなに身を粉《こ》にして純粋にがんばる照子を活《い》かしきれないのは、林家にとって大きな損失であると思え、残念で残念でなりませんでした。

家を出たあとの照子は、４人の子どもたちに、父の悪い話は決してしませんでした。

何かの拍子に当時の話になっても、最後は「人のため、世のために尽くしきった素晴らしい立派な方」と父の功績の話をして、結論づけていました。

京都での再出発

新天地をめざして

1971(昭和46)年、父親との確執から私は、照子と4人の子どもたちを連れて、名古屋をあとにしました。そしてやって来たのが京都です。古びた360ccの軽自動車に、毛布数枚と子どものおむつ、着替えの入ったふろしき包みを2つ、そして数冊の本を詰め込んで、そこに6人がぎゅうぎゅうになって乗り込んで、ようやく伏見までたどり着きました。所持金はわずか5千円くらいだったと思います。

常識的に考えれば、生活の最低限の受け皿をある程度用意して出向いてくるのが当然かもしれません。

しかし私は無謀にも、住まいも収入源も何1つ準備せずに、文字通り身1つで京都まで来てしまったのです。

伏見からさらに北へ上がり、九条のあたりに着きました。8月の末の残暑厳しい日でした。

蒸《む》し風呂のような車内に耐えてきた家族を涼《すず》ませてあげたいと公園に立ち寄りました。ちょうどよい木陰《こかげ》と公衆トイレもあります。

公園の横に車を止めると、いつもなら子どもたちは競うようにしてブランコや砂場をめざして飛び出すのですが、この日はそんな様子は微塵《みじん》も見せず、まるで借りてきたネコのように照子に寄り添い、そばを離れようとしませんでした。

照子はさっそく水道のある場所へ行き、1歳になったばかりの娘のおむつを洗濯し始めました。

しかしその手つきはまるで、スローモーションの映画でも見ているかのように、ゆっくりとしています。

それは致し方のないことでした。このとき照子は体が弱り切っていました。

血圧が極端に低く、立ちくらみや動悸《どうき》がして、まともに歩くことすらできない状態だったのです。私は口には出しませんでしたが、照子の死がすぐ目の前まで来ているのではないかと感じていたほどです。

その立ち寄った公園は、それからしばらく、私たち6人家族の生活の場となりました。

路上生活

住む家も仕事もない中で、まずはどうやって子どもたちの空腹を満たすかが最初の課題でした。

公園から2キロほど離れた七条に、京都の台所と呼ばれる京都中央市場がありました。

昼過ぎの人気《ひとけ》がまばらになった頃合いを見て、私は市場を歩き、売り物にならず捨てられている、腐《くさ》りかけたトマトやキャベツ、ナス、ニンジンを断りを得ていただいてきました。

そこには、ものをいただいて食べるという惨《みじ》めな考えはありません。

幼少期からものを粗末にするなと教えられて育ちましたので、捨てられるようなものを生かせると考えていたのです。

公園に持ち帰ると、照子は1歳の娘に手を焼いていました。昨日まで哺乳瓶でミルクを飲んでいたのが、京都に着いたとたん、いっさい飲もうとしなくなったのです。口に押し込んでも、舌で押し出して一滴も飲んでくれない娘に照子は途方に暮れています。

私はためしに、持ち帰ったトマトの腐っていないところをほぐして、娘の口に入れてやりました。

するとどうでしょう。嬉《うれ》しそうに、むさぼるようにそれを食べてくれたのです。

それからキャベツやニンジンも砕いて娘の口に入れてやりました。どれもおいしそうに食べてくれます。

「お父さん、本当によかった。これでミルクを買わなくてもすみますね」

照子の声は、か細くも、心の底から湧《わ》いて出た安堵《あんど》で満たされていました。

ままならない日々

公園生活が始まって数日後、通りかかった女性がこちらをじっと見ています。変な人が住み着いたと思ったのでしょう。目の先を見やると、私の4人の子どもが裸で一列に並んで、まるでこけしのように立って、照子に体を拭《ふ》いてもらっていました。

子どもは上3人が男で1番下が女、6歳、5歳、3歳、1歳です。おとなしく身動きもせず照子にされるままでした。その子どもたちの体を拭く照子の様子《ようす》は、とてもひどいありさまでした。

衰弱して頬《ほほ》がこけ、血の気の無《な》い土色の顔。あたりは車や木の枝にたくさんの洗濯物が干《ほ》されています。

そんな様子を通りがかりの女性は不憫《ふびん》に思ったのでしょう。

私はいたたまれない気持ちになり、せき立てられたかのように不動産屋を巡り始めました。

どんなに古くとも、小さくとも、雨風のしのげる場所を一刻も早く見つけなければ。

しかし何軒回っても、仕事もない、お金もない6人家族を住まわせてくれるという不動産屋は現れませんでした。

「金はありません。保証人もありません。仕事もしていません。妻と子どもが4人います。お願いします」

そんな私は、まるで汚い物でも見るかのように扱われ、どの不動産屋でも追い返されました。

翌日もそうして回り、何軒目かの小さな不動産屋で私は、その店の主の70代の女性にすがるようにお願いしました。

その店主は、ほかの不動産屋と同様に初めは取り合ってくれませんでしたが、私が

あまりにもひたすらお願いするものですから、根負けしたのでしょうか。ついに、

「しゃあないな、ほな、うちについてきよし」

と言い、私たちを連れて行ってくれました。

たしか鴨川の下流のほうだったと思います。バラックのような建物が並ぶ中の、アパートの2階に案内されました。

「この階段を上がった2階どす」

そう言われて階段を見て驚きました。

2階にはしごをかけたような急な階段で、これは子どもが落ちる、と瞬間的に思いました。

その階段を上がると半畳の踊り場があり、左の戸を開けると6畳1間、右の戸を開けるとトイレがありました。

そのトイレがなんと、ビーチボールほどの丸い穴が1階の下まで真っすぐに通っています。のぞいたら大人の私でもぞっとするような怖さがありました。

妻はそのトイレを見て、声をあげて手で顔を覆《おお》ってしまいました。これでは子ども

が落ちて、下手をすると死なせてしまうと思ったのです。

「大変申し上げにくいのですが、ここはだめです。これでは子どもが落ちて死なせてしまいます。なんとかほかにはありませんでしょうか」

私はこれ以上ないほどに深々と頭を下げました。しかし、

「そやかて、そんなん言わはっても、あらしまへんえ」

と言います。ですが私もあとがありません。

「お願いします、お願いします」

何回頭を下げたでしょう。しばらく考えた様子の店主は、根負けしたのか、

「ほな、ついてきておくれやす」

と言ってまた九条のほうへ向かいました。

そしてその店主は私たちに、路地裏の古い民家の6畳1間を貸してくれたのです。

古い共同便所と共同台所。天井からは裸電球が1つ。家賃は4万円で古さの割にかなりの高額でしたが、敷金礼金を分割で含んでのことだったのでしょう。当時の女性事務員の給料がおよそ4万円の時代です。しかし背に腹は代えられません。

「ありがとうございます。ありがとうございます」

私は店主にそう言って、住む家を得たのでした。

家財道具もいっさいない、がらんとした6畳間でしたが、6人が肩を寄せているだけで、私は天にも昇る気持ちでした。

そのときの照子のほっとした表情は今でも忘れることはありません。そのやつれた横顔に、この家族を絶対に守ると固く誓った私でした。

照子30歳、私が31歳の夏でした。

仕事探し

家族を守る、そう誓った私が、まずしなければならないのが職探しです。

しかし西も東も知らぬ土地で一文無し、頼る人もいないという状況ですので、どうすればよいかまったく見当がつきませんでした。

思い悩みながらもきっかけがつかめない中で私は、その日、国立博物館の正門前の広場で子どもたちを遊ばせながら、その姿をぼんやりと眺《なが》めて座っていました。

ふと目線の先に、1枚の新聞紙がひらひらと風に揺《ゆ》れているのに気がつきました。何気なく手に取って眺めていると、求人欄が目に止まりました。

このときは、この捨てられていた新聞が、私の運命を決める重要な役割を担《にな》うとは思いもしませんでした。

そこには四条西大路の書籍販売会社の求人が掲載されていました。

さっそく面接を申し込み、社長さんに会いました。

「お困りなら日給でもいいですよ、成果のあった分だけ、いくらでもお支払いします。がんばってください」

面接ではそんないい話をしてくださり藁《わら》をもつかむ思いで即座にお願いしました。

報酬は歩合制、売れたら収入になりますが、売れなければ一銭にもなりません。

翌日から、一刻の猶予もありませんので十分な説明も受けぬままに、分厚い本を3、4冊抱えて販売に歩きました。

今思えば自分が売る本の知識も準備もなく、まったくもって無茶苦茶でした。目的地に着くと、端《はじ》から1軒1軒、家庭訪問して行きます。飛ばす家は1軒もありません。

1日千軒近くも回ったでしょうか。とはいえそこは京都。堅実な暮らしをしている方が多く、そう簡単に契約に結びつくことはありませんでした。

初めて契約をいただいたのは3日目のこと。忘れもしません。若い美しい奥様が、「熱心なお人ですね、あなたには負けました」と言って、高額な虫鳥草花などの図鑑のセットを購入してくださったのです。

私は天にも昇る思いで、嬉《うれ》しくて伝票を書く手が震えました。

「私も他府県から京都に嫁《とつ》いできました。あなたもがんばってくださいね」

私の言葉が京都とは異なった名古屋弁で、しかも必死な形相だったのでしょう、そう優《やさ》しく声をかけてくださいました。同情で買ってくださったのは目に見えて明らかでした。

今の私ならば、必要として買ってくださるお客様に売ることができて初めて、営業マンの至福の喜びを得ると思います。しかしそのときのあとのない私には、その同情ですら心底癒《いや》される思いがしました。

「ありがとうございました！」

全身全霊の感謝を込めて、深々と頭を下げたのを昨日のことのように思い出します。

当時の私は1日1日が勝負でした。

心の支え

背水の陣で仕事に打ち込みながら脳裏《のうり》に浮かぶのは、6畳間で待つ衰弱しきった照子の姿と4人の子どもたちです。

「大丈夫だろうか、何かあったらどうしよう」

すぐにでも家に帰って安否《あんぴ》を確かめたい。そんな気持ちを押し切って、本を買ってもらうために家々を回る毎日でした。

外回りをし、社に戻って報告書をまとめ、家路に着くのは夜の11時。家の玄関の前に立ち、扉を開けるときの不安と恐怖は、口では言い表せないほどでした。

「ただいま」

冷静を装《よそお》ってそう言って引き戸を開けると、照子が笑顔で迎えてくれます。

「お帰りなさい」

蚊《か》の鳴くような小さな声、しかし精一杯の思いやりをこめてそう言ってくれるのがよくわかりました。

その言葉から、「一日中、あなたの帰りを待っていました。やっとの思いで家庭を守っていましたが、あなたが元気に帰ってきて本当によかった」という思いが伝わってきます。

その心に私も「何事もなくてよかった、子どもたちも無事で何よりだった」と、仕事の疲れがいっぺんに消えてしまうほど体中が安堵感で満たされます。

帰るといつも照子はこう言います。

「お父さん、大丈夫でしたか？　何か食べましたか？　体を壊《こわ》さないように無理をしないようにしてくださいね」

蚊の鳴くような力のない声ですが、主人を案ずる妻の心が痛いほどに伝わってきます。

こんな境遇にしてしまって、本当は言いたいことがいろいろあったに違いありません。ですが照子は、私に愚痴《ぐち》や文句《もんく》1つも言ったことがありませんでした。そしていつでも私を気遣《きづか》い、私のことを思い、案じてくれているのでした。

「一日生涯」という言葉があります。この当時の私は、まさにこの心境でした。

朝、目が覚《さ》めた時に、まず照子を見ます。そして4人の子ども1人ひとりを眺めます。息をしているか心配で、口に手や耳を当てたこともあります、
6人がそろって元気に朝を迎えることができる。このごく当たり前のことが、私たちにとっては何にも代え難い喜びでした。

貧しさの絶頂を過ごしていたこの時期、照子だけが心の支えでした。

その照子が毎日生きていてくれる。子どもたち4人を守っていてくれる。そう思う

だけで、大きな力を得るのでした。

あとから聞くと照子も、

「あなたが一日中仕事をして夜中に帰ってきたときは、地獄で仏様に出会ったようでしたよ。足があってよかったとまで思った日がありました」

と言ってくれました。

私たちは、お互いが生きていることそのものが、日々の心の支えだったのです。

照子と子育てと

貧しい暮らし

6畳1間の我が家には、タンスもなければテーブルもありませんでした。冷蔵庫、テレビ、洗濯機ももちろんありません。部屋の片隅に段ボール箱が1つ。そして毛布が3枚。たったそれだけでした。

そんな部屋に、親子6人がいるだけでした。近所の子どもが、物珍しそうにのぞきに来ることもありました。

部屋は西側に窓が1つだけの、薄暗い部屋でした。その窓からわずかな光が入るものの、それ以外、光はどこからも入ってきません。黒ずんだ壁《かべ》には、前に住んでいた人の描いた落書きが残り、柱には背丈《せたけ》を測った印らしい傷がありました。

トイレも炊事場《すいじば》も共同ですから、部屋から出て行かねばなりませんでしたが、これが照子を苦しめるとは思いもよりませんでした。

なんと照子はそのとき、戻ってきて部屋に入る上がり口の段差を登ることすらままならなかったのです。

健康な者にとっては気にもかけないようなその1段を照子は這《は》いずるようにして登りました。どこから工面してきたのか、小さな板張りのみかん箱のようなものをその出入り口に置き、踏み台にしてやっとのことで出入りしていました。

名古屋にいるときは、元気一杯で家の中を暴れ回っていた子どもたちも一変、座ったまま走り回ることもなく、照子に寄り添うようにじっとしていました。子どもながらにのっぴきならない様子に不安を抱いていたのでしょう。

照子はそれでも、子どもたちを愛《いと》しむように、汗をかいた顔を拭《ふ》いてやったり、汚《よご》れた手を拭《ぬぐ》ってあげたり、頭をなでたりしながら優しく、温かく、育てていました。

家財は買えませんでしたから、豆腐《とうふ》のポリ容器が、当時の私たちの皿であり茶碗《ちゃわん》でした。箸《はし》は仕事の途中で昼飯代わりに買う牛乳屋さんでもらった割り箸を何度も洗っては使いました。

家の路地を出た突き当たりに、肴《さかな》や豆腐を売っているお店がありましたが、私たちはそこで買った1丁の豆腐を6つに切って6人で分けて食べました。

その他は市場でただ同然でもらってきたおからや野菜《やさい》くず、ときには1玉のうどんが6人分の1食だったこともあります。

今になり照子に、あのとき何を食べて会社に行ったろうかと尋ねても、

「さあ……」

と記憶にありません。豆腐を買ったことすらも覚えていないと言います。

「あのときは、何も買うことができませんでしたね」

そう静かに回想する照子の顔には、苦労をしましたという気持ちはみじんも見えません。

この頃の私たちは本当に貧しい暮らしでした。しかし今になって振り返ると、宝のような経験をすることができたと思っています。

妻が健康を害して初めて健康であることのありがたさが身に染《し》み入り、汗を流して

やっと得た報酬から、お金というものがいかに尊いものであるかを知りました。物に不自由してそのありがたさを知り、故郷を離れて故郷のありがたさに思い至りました。

何も知らずに親の下で仕事をしていた私にとって、このことに気がついた、この京都の最初の暮らしは、私にとっては宝物です。

そこに、愚痴《ぐち》1つこぼさずについて来てくれた照子に対し、これ以上ない感謝の気持ちを抱けたこともまた、何にも代え難い日々でした。

原点を忘れない

私たちの家は、路地の奥にある古い2階建ての1階の1部屋でした。

玄関を入るとコンクリートの土間があり、古びた共同使用のトイレ、小さな台所があり、向かい合わせの部屋がお互いにドアを開けると、ドアとドアがぶつかるほどでした。

向かい側には2部屋あり、男の学生さんと母子が住んでいました。

6畳1間でしたが、私たちにとっては雨風をしのげるだけで十分でした。

同じ路地には家が2、3軒ありました。隣には若いご夫婦が暮らしており、男の子が2人いました。

我が家の4人の子どもを含め、6人の子どもが狭い路地で毎日所狭しと遊ぶので、今まで静かだった路地が、いっぺんに子どもの遊び場に変わりました。

その道を生活道路として使っていた人たちや、子どものいない家の人たちにはご迷惑のかかる状態になったのではないかと思います。

照子が当時のことを思い出し、近所の人で辛《つら》そうにしておられた人もいたようだし、そこを通る人から今にも大声を出されるのではとハラハラしながら、「申し訳ありません、すみません」と何度も頭を下げながら暮らしていたと言います。

生活が大変でしたので、照子なりに何かできないかと「内職あります」という張り紙を見て、私でもできるのでは、と仕事を持ってきます。

何十種類の布を広げて小さく切って紙に張り付け、商品見本をつくる仕事でしたが、狭い部屋で細かくきれいに仕上げることが、4人の子どものいる6畳1間ではとても無理で、「申し訳ございません」と、返しに行きました。

ほかにもいくつか試みますが、できるような仕事は見つかりませんでした。

私が仕事を終えて家に帰ると、その路地に車を止めざるをえず、路地がふさがります。

自転車で通ろうと思うと、1度自転車から降りて通らなければ通れないほどの幅しかないのです。

生活道路ですが、近所の人は何も言わず許してくださっていました。

照子が頭を下げ心を砕いていたとはいえ、何も言わず黙って許していてくださっていた近所の人たち。今思うと、なんという心優しい人たちかと、頭の下がる思いです。

おそらく、4人の子どもを抱え家財道具1つ持たない家族に、よほどの事情があったに違いない、というような同情の目、いやそれ以上に私たちを応援してくださる温かい目で眺《なが》めておられたのではないでしょうか。

いつも、このときの周囲にお暮らしのみなさまのことを思い出し、恩を受けた原点を忘れないようにしようと心に誓《ちか》っています。

その後、生活も安定してきて、私たちがアパートを出てからのことですが、ある日、1通の手紙が入りました。出版した私の本を読んでくださった大阪のとあるギャラリーにお勤めの女性からです。

私たちのアパート近くに住まわれた女性だったようで、情に熱い、いい人ばかりのご近所のみなさまや地域の情景を思い出し、号泣しながら読んでくださったとしたためてありました。そして、今の幸せに甘えている自分を反省しがんばらなくちゃ、と心勇ませているとのことでした。

喜びと感動、お礼の言葉が長々と綴《つづ》られていましたが、このような方がいるかと思うと私にとっても最高の喜びでした。

その女性のお手紙を今も大切にさせていただいていますが、人はいい人にめぐり会って、学び、襟《えり》を正し、そして精進し、社会に恩を返していく。この精神を忘れてはならないと、あのとき受けたご近所さんのご恩を思い出しては、自分に言い聞かせています。

三男の病気

風呂なしの1間の暮らしの中で、照子が子どもたちを連れて銭湯に行けたのは、6畳間に越してからひと月あまりたってからでした。

銭湯までの道のりはふつうに歩いたら5、6分ほどです。しかし衰弱しきった照子には遠い道のりでした。

まして自分と子ども4人分の着替えを抱え1歳の娘の手を引いています。そこに三男がなぜか足取り重く、照子の袖《そで》にすがりついてぶら下がるように引っ張ります。結局、1時間もかけて、やっとの思いで銭湯にたどり着いたのでした。

照子が洗い場で4人の体を洗っていたときのことです。三男の首から胸、腹と石けんのついたタオルでこすっていると、下腹に降りてきた手を嫌がるのです。腰を引いて顔をしかめます。

照子は、次はいつ来られるかもわからない銭湯、洗い残しがないようにと下腹を洗おうとすると、今度は腰を引いて顔を思いっきりしかめ、歯を食いしばります。

「てっちゃん、どうしたん？　痛いの？」

「うん」

「ちょっと見せてごらん」

照子が恐る恐る下のほうを見ると、下腹から股《また》にかけての肉が盛り上がって大きく膨《ふく》らんでいます。脱腸《だっちょう》でした。

内心驚いた照子でしたが、そんな顔は1つも見せず、

「もう大丈夫だからね」

と言って腫《は》れたところを手で優しく撫《な》でてあげました。このとき照子は胸が張り裂ける思いでした。

痛みを訴えずに、ずっとこらえていた三男。銭湯までの道のりをうまく歩けなかっ

たのはこのためだったのだわ。病院なんて連れて行けるお金もない。どうしたらよいのかしらと、とっさにいろいろなことが照子の頭を巡ります。

腫れているところを手でそっと押してみると、うまい具合に元に戻りました。

「てっちゃん、ずっと痛かったの？」

「うん」

「前から痛かったん？　お母さん、気がつかなくてごめんね、ゆるしてね」

湯船の中で涙が止まらない照子でした。

この話を仕事から帰って聞いた私は、歯を食いしばって痛みに耐えながら泣きもしなかった、三男の心の中に思いを巡らしました。

日に日に弱っていく母親を見て、とても言い出せなかったのでしょう。彼なりに大きな不安に押しつぶされそうだったのかもしれません。1時間近く歩いても「痛い」の一言も口に出さない3歳の三男は、それでも必死に歩いて照子について行ったのです。

必死で生きていたのは、私や照子だけではありませんでした。

子どもたちの寝顔を見て、心の中で、
「すまん、もう少しの辛抱《しんぼう》だからな。お父さん、絶対に悪いようにはせんからな」
となんの罪もない子どもたちに心の底から詫《わ》びました。

「あかん、あかん、お母さんも食べ！」

ある日の営業回りのときのこと。ふと時計を見ると2時近くになっています。いつも昼食は牛乳1本の私でしたが、ちょうど牛乳の隣に焼きたてのいい匂《にお》いを漂わせたパンが所狭しと並べられています。その月は成績もまずまず上がっていましたので、香りに負けてそのパンを買うことにしました。

お徳用の大きなコッペパン1つを牛乳と買う、それまでにない贅沢《ぜいたく》です。京都で仕事を始めて3か月目のことでした。

公園のベンチに腰をおろして、牛乳をごくりと飲み、パンを食べようと口を開いたそのとき、ふと脳裏《のうり》に照子と子どもたちの顔が浮かびました。

昼は何か食べたであろうか。体調が少しずつ回復してきたとはいえまだ元気になりきれていない照子はどうしているだろう。

手が思わず止まってしまいました。妻と子どもがひもじい思いをしているかもしれないのに、今ここでパンをほおばろうとしている自分はなんということか。

口まで持っていったパンを私は袋に戻し、自宅に持ち帰ることにしました。

その日の午後の販売は、なぜか芳《かんば》しくありませんでした。

パンを手みやげに帰路についた私は、子どもたちと照子が、パンをとても喜んでくれることを想像して胸がワクワクしました。まるで大きなケーキでも持ち帰るような心境です。

家に着くと子どもたちはまだ起きていました。私は、

「はい、パンのおみやげだよ。お父さんはいいから5人で分けて食べなさい」

と言って、照子にパンを渡しました。子どもたちはパンを見て大喜びです。

照子は、

「私はお腹が空《す》いていないからいらないわ」

と言って4つに分けようとしました。すると6歳の長男が、

「あかん、あかん、お母さんも食べ！」

と言います。

「お母さんは、お腹空いてないから大丈夫」

「あかん、お母さんも食べなあかん」

根負けした照子は、

「わかりましたよ、お母さんもいただきますよ」

と5つに割りました。するとパンはほんの少しずつになってしまいました。

しかし子どもたちはそれを見て、みんな嬉《うれ》しそうな顔をして、自分の分をほおばります。次男も三男も、1つも文句を言いません。

私はそのやり取りを見て、それまで見たことのない家族の姿に身震いするほどの喜びを感じました。

名古屋にいた頃、物に不自由することのない生活の中では、食べものを分けるとな

ると、自分のは小さい、おまえのは大きいとすぐに喧嘩《けんか》になり、取り合いが始まりました。泣いたりわめいたりの大騒ぎです。

そのときのことを思い出すと今、目の前の子どもたちは、まるで別人のようです。照子を思いやり、きょうだいをいたわり、譲り合って喜びを分かち合うことの幸せをもう既に知っていました。このわずか数か月の激動の生活の中で、その小さな胸の中には、他人を思うやさしい心が芽生《めば》えていたのです。

照子もまた同じことを感じていました。1番小さなパンのカケラを最初に選んであとから口にした照子の目には、うっすらと涙が浮かんでいました。

私はこのとき、我が家は物や金には不自由しているけれども、人間にとって一番大切な心の世界においては、じつは平和な家庭なのかもしれないと思いました。私はただただ、幸せでした。

照子の祈り

照子はこの頃、毎日、

「末娘が3歳になるまで、私に命を授けてください」

と手を合わせて神様に祈っていました。

まぎれもなく照子は、1日1日を気力だけで生きていました。

そして故郷も、夢も、希望も、自分自身のことすらも何も考えず、ただひたすらに子どもたちのことだけを思って暮らしていました。

私が見ても、倒れる寸前のギリギリの状態。せめてよちよち歩きの娘が3歳になって体力が整い1人で最低限のことができるようになるまでは生きなければ、そんな思いだったのでしょう。

そんなふうに、その日1日を真剣勝負で生きていたのです。

あるとき、朝から体の調子がよい日がありました。照子は今日は家の前の道の掃除《そうじ》をしようとほうきを持って外に出ました。

表に出た照子は、あっと驚きました。

6軒長屋の中で、我が家の前だけが、定規《じょうぎ》で線を引いたように美しく掃除され、水が打たれているのです。

このときのことを照子は、目を白黒させながらその日の夜、私に話してくれました。よほど驚いたのでしょう。私が推測するに、体の弱い照子の様子を知るどなたかが代わりに掃除をしてくれたのではないかと思います。

照子はこのことに大きな感動を得たようです。

京都といえば、家の前の掃除は、お隣との境界をきっちり守るのが鉄則。少しでも隣に掃除や水打ちが及べば、「おたく、よごれてまっせ」の意味です。

しかし掃除は、我が家の前だけなされていたのですから、これは明らかに私たちの家庭の窮状《きゅうじょう》を知り力になってあげようと、心を寄せてくださった方の心からの親切でしかあり得ません。

照子はこのことにいたく感動し、自分も恩返しをしたいと思いつきました。

「お父さん、これから早起きをして、この路地を全部掃除させてもらってもいいでしょうか」

と言います。私は、

「もちろんよいが、おまえの体はどうなんだ？」

と照子の体のほうが心配です。

「大丈夫です。挑戦させてください」

路地の長さは60メートルもありますので、健康な者でも毎朝となるとかなりの労働になります。心配ではありましたが、照子の好きなようにさせました。

照子は長屋のご近所さん1人ひとりに、

「私もおかげさまでずいぶん元気になりました。これから体力づくりのためにしばらくの間、この路地を掃除させていただいてよろしいでしょうか」

と頭を下げて話して回りました。

京都で路地とはいえよそ様の領域を掃除するのは、地元の人からすると前代未聞だったかもしれません。しかしそれを何も告げずに我が家にしてくださった方がいた、そのことを照子は心の底からありがたく思ったのです。

ならば天からいただいている命を使って、少しでも誰かのお役に立ちたい。そんな健気《けなげ》な気持ちを持つ女性が照子なのです。

体力づくりと言っていましたが、私は本心を知っていました。

照子はこのとき、「自分の命がいつ果ててもおかしくない」と覚悟を決めていたのです。

それでもこうして命を授かって生きられているありがたさに深い感謝をしていたのです。その喜びの気持ちの発露が、この路地の掃除だったのです。

照子自身のためではない、誰かのための命でありたいという祈り。

せめて娘が3歳になるまでと祈り続けた命は、そんな中でありがたくも3歳を過ぎてからも長らえ、小学校を卒業するまで、高校を卒業するまで、と続き結婚するまでという願いも叶《かな》い、現在にまで至っています。

人生を導いてくれた出会い

家の前の路地を北側へ出ると、そこは大きな九条通りで多くの店などがあります。反対に南側へ出ると、古いしもた屋が並んでいます。このあたりの住人は、京都の街へ出て、店の店員や、伏見の酒蔵や繊維会社などに働きに出る人が多く住んでいたようです。

長屋の1番南の人は、室町の呉服問屋にでも勤めていたのでしょうか、ときどき帯の端切《はぎ》れだと言って、それは額にでも飾りたくなるような見事な刺繍《ししゅう》を施した物を、キズもので捨てられる物ですからと、無料で私たちにくださったこともありました。

家の前の路地は、子どもたちの格好の遊び場でした。

いつも近所の子どもたちが、それぞれ手にバットやボールを持ったり、お菓子《かし》を持ったりして、いつも嬉しそうな声を張り上げていました。

それに引きかえ我が家の子どもたちは、その遊びの輪に入れずにいました。

遊ぶ道具もなく、お菓子も買ってもらえず、惨《みじ》めな思いをしていたのでしょう。いつも塀《へい》に背中をつけて、黙って立ってその様子を眺めていました。

ある日、照子が下の2人の子どもの手を引いて散歩に出たときのことです。いつもは路地を北へ上がって九条方面を歩くのですが、たまたまその日はなんということなく南側のほうへと出て行きました。

ある道のところまで来た瞬間に、ふわっと急に体が温かくなりました。それは何か幼子が母の懐《ふところ》にでも抱かれたような、ほのぼのとした温かみだったと言います。照子は幸せな気分を覚えました。

時刻は夕方の5時頃。どんよりと薄い雲に覆《おお》われていた空の色が、急に真っ赤に染まり始め、さらに青、黄色の色とりどりの美しい光が現れ、それまでに見たこともないような美しい光景に変わっていったと言います。

そして誰かに手招きをされて吸い寄せられるかのように、幸せな気分を味わいながら歩いていった先で、ある人と出会いました。それは初めて会う奥さんでした。

「初めてお見かけしますが、どこから来はりましたか?」

照子はご挨拶もかねて、

「名古屋から来ました」

と答えました。照子も子どもたちもみすぼらしい格好をしていたのでしょう。続いてこう尋ねられました。

「家族は何人、いはるのですか？」

「6人家族です」

「大変ですね。食べる物は？　ちゃんと食べていますか？」

「はい」

「お住まいはどちらですか？」

「あの路地の中の、1階の部屋です」

「お子様が4人なのですね。おいくつですか？」

「はい、6歳、5歳、3歳、1番下が1歳です」

「それはそれは、さぞ大変でしょう。がんばってくださいね。何かあったらいつでも相談に来てくださいね」

その奥さんの、優しく温かく話しかけてくださる姿に、まるで天使のようだと照子は感じました。そしてこのたわいもない会話にたいそう癒《いや》されたと、この出来事を話してくれました。

その後、その奥さんは、私たちのところへ足を運んでくださるようになりました。

そんな中、あるとき照子が、次男を保育園に入れるお願いをしに区役所へ足を運んだことがありました。

当時、照子が家事をしていると、小学校へ通う長男を除いた幼子3人が、照子のそばを離れずにまとわりついてきます。体の弱い照子には、3人の子どもを外へ連れ出して遊ばせることは、体力を使うかなり大変なことでした。

いつも家の中でじっとしている子どもたちが不憫《ふびん》になり、せめて上の子だけでも保育園に通わせたらどうか、そうすれば自分は下の子たちを少しは遊ばせてあげられるのではないか、と思いついたのです。

3人を連れて、3キロほど離れた区役所に、片道2時間以上もかけて行きました。事情を話してお願いしましたが、共働きでないと入れられない、どんなに体が弱くても無理です、と断られてしまいます。

照子は諦《あきら》めていました。するとその奥さんが、

「移転される人ができて1人空きますから、私が入れるようになんとか話してあげましょう」

と、わざわざ役所へ出向いて、照子の代わりに交渉してくださったのです。

その結果、次男は保育園に無事入ることができました。送り迎えも、その奥さんが教えてくださいました。このとき、ふつうならば送迎バスの乗り場まで子どもたちを保護者が送り迎えしますが、当時の照子はそのことすらもままならず、子どもだけで送迎バスへと通わせていました。

おかげで照子は、下の2人の世話や日頃の家事をなんとかこなせるようになりました。

その後もその奥さんは、何かと気にかけて我が家へ寄ってくださったり、ときには食べる物を世話してくださったりと、物心ともに我が家を助けてくださいました。いつしか照子にとってこの方は、大きな心の支えとなっていました。

この時期の体力のない照子が、なんとか4人の子どもの面倒を見続けることができ

たのは、この奥さんのおかげと言っても過言ではありません。

見ず知らずの私たちにここまでしてくださる、こんな親切な方に出会えるとは思いもよりませんでした。私たちにはただただ、感謝しかありませんでした。

あの日の夕方の、神々《こうごう》しい光に誘われて巡り合った出来事は奇跡であったと、今改めて思います。

京都に出てきたばかりで、お金もない、物もない、助けを請《こ》えるような知る人もいない私たち家族が、なんとか心折れずに1歩1歩暮らしを築いていけたのは、こうした深い親切心を持つお方に出会えたからでした。

照子は、むかしの話になると、いつもこの奥さんのことを思い出し涙します。

この奥さんのお姿は、今でも私たち夫婦のお手本です。そして人生の指針として、ずっと心に生き続けています。

このときの感謝の気持ちを忘れずに、いつか私たちも困っている人に巡り会ったら、我が身我がことのように力添えをさせていただこう、そう誓ったのでした。

それがこの方への、私たちからの恩返しになる。そう信じています。

青天の霹靂《へきれき》

本の販売という営業の仕事も、少しずつコツをつかみ私は自分の売る本をきちんと理解して販売するようになっていました。

もう、あの頃の無茶苦茶なやり方ではありません。成果も少しずつ上がり、家賃と光熱費を払うだけでなく、せめてアジでもイワシでも魚を何日かにいっぺんくらいは食べさせてやりたいという願いを持てるようになっていました。

そんな願いもそろそろ現実のものにできそうだ、と密《ひそ》かに期待していた矢先に思わぬことが起こり始めました。

報酬を受け取る日、私は社長に呼び出されました。

部屋に入って社長の顔を見るといつになく青ざめています。そしてこう言いました。

「すまん、林君、今月給料が払えないんや。君も家庭があるのに申し訳ないが、会社がうまくいってないんや」

信じられないその言葉に、思わず耳を疑いました。社長は、

「報酬を待ってくれ、代わりに本を持って行ってください」

と言います。目の前で頭を下げている社長の姿に、それが嘘《うそ》ではないことがわかり、私はショックのあまり目の前が真っ暗になり、しばらく呆然《ぼうぜん》としました。

気がつくと体が小刻みに震えていました。やっと声が出て、

「社長、いったい何があったのですか」

と尋ねましたが、それについては答えてくれませんでした。

「社長、私は毎月4万円の家賃を払っています。それが滞ると即刻退去を言い渡されます。体の弱い妻と4人の子どもがいるのです。なんとかお願いします」

懇願するように訴えました。しかし社長が痛々しい顔をして頭を下げている姿を見て、心の中では、これは私なりに協力しなければと、男気とも同情ともつかない気持ちでおりました。

「林君、家賃だけはなんとかしよう。あとはここにある本を持って行ってくれ。頼む」

「わかりました」

私はそう返事をしていました。

結局その日、４万円と本をもらって帰りました。

ひと月分の家賃はなんとかなっても、食べていくためには、このもらった本を売らなければなりません。

しかし仕事が終わったあとの疲れきった体で、またさらに本を売るのは正直堪《こた》えました。

そして案ずるがごとく、給料はその月から満足な支払いを受けられなくなっていきました。

当然ながらそのしわ寄せとして、家賃の滞納が始まり、大家さんにはその都度延期を願いましたが、やはり、払えなければ出て行ってもらうと言い渡されてしまいました。

暮れも押し迫った12月25日、この日も給料がまったく出ず、社長から大晦日《おおみそか》まで待ってくれと言われました。

給料が出ないと、家賃はまた滞納になります。

私たちは、谷底に突き落とされる事態に陥《おちい》りました。こんなにがんばっているのに、なぜこんなことになってしまうんだろう。社長は我が家の大変さをわかってくれているのだろうか。心底悲しくなりました。

家賃を納める日を延ばしてもらうお願いは、照子が行きます。

「大晦日の31日にまでには必ずお支払いしますので、どうかそれまで待ってください」

照子が床に頭をすりつけて必死に懇願してくれたおかげで、なんとか大晦日まで待ってもらえることになりました。

「もし払えなかったら、即刻出て行ってもらいますえ。よろしいな」

「はい」

妻も必死でした。

私はこのまま給金が出なければ家を追い出されてしまうため、代わりに支給された本を持って家賃分を稼ぐために必死に営業に回りました。

27日は朝から冷たいみぞれが降っていました。私はと言えば、買う余裕なく夏のスーツのまま、コートもなく、本を抱えて傘《かさ》をさし、凍《こご》えながら家々を回っていました。

薄着で青い唇をして訪ねて歩く私に、物乞いが来たと勘違いされて「近寄らないでください、帰ってください」と声を荒げられた家もありました。

ある家では、「ここで3回回ってワンと言ったら買ってあげてもいいですよ」と言われました。

売り上げは芳しくなく、靴《くつ》もズボンもびしょびしょになり、腰のベルトのあたりまで濡《ぬ》れて私は家に帰りました。戻ると照子が私の青ざめた顔とぬれねずみのような姿を見て、

「お父さん、大丈夫ですか」

と体を拭《ふ》いてくれました。

照子の目から涙があふれ、それはすすり泣きに変わり、とうとう声をあげて泣き始めました。

照子はわかってくれていました。私がこれ以上ないというほどの努力を毎日していることを。

「まだ家賃ができないのや」

「そうですか」

照子は涙を拭《ぬぐ》いもせずに、唇を噛《か》みしめて、ただただ私の世話をしてくれていました。

その涙は惨《みじ》めで泣いているのではなく、体が弱く自分には何もできないことを悔《くや》しく思っての涙なのです。私にはそれが痛いほどわかりました。

そして翌朝、照子は私にこんなことを言い出しました。

「私も本を売りに歩きます」

驚いて私はこう言いました。

「そんな体で、重い本を抱えて販売などできるものではない。それだけはやめてくれ」

しかし照子の意志は固く、

「どうしても行かせてください」

と言って聞きません。

やむなく私は照子を連れ出しました。照子は1歳の末娘の手を引き、本を持って、私がふだんしているのと同じように1軒1軒を訪ね歩きました。

しかし世の中、そう甘くはありませんでした。

照子から本を買ってくれるお客様は1人もいなく、1冊も売れることなくその日が終わりました。

寒空の中、重い本を抱えて歩かせてしまった自分を悔みました。

絶体絶命

家賃もろくに払えないような状態になっている我が家には、ストーブを買うお金はなく、凍《い》てつくような部屋で年を越さざるを得ませんでした。

日付は30日。その日営業で回っている合間、お腹をすかせて凍えながら照子と4人の子どもは家にいるのだ、そう思うと、いたたまれなくなって涙があふれ、いつしか私は男泣きしながら歩いていました。

道ですれ違う人が、何事かと怪訝《けげん》そうに私を見てすれ違っていきます。しかし私は、顔をくしゃくしゃにして、声をあげて泣きながら歩いていました。私には人目を気にする余裕なんてなかったのです。

それでも私は気を取り直し諦めずに1軒1軒、ブザーを押して回ります。

「本屋です。今日は本を買っていただけないかと、お願いに回らせていただいております」

精一杯の力を振り絞っていますが、今思えば、頭や肩を雪で濡らして、寒さに身を震《ふる》わせながらの訪問は、哀《あわ》れでまともに見られたものではなかったと思います。なかなか買ってくださるお客様が現れません。

あるお宅まで来たところ、玄関先に出られたご主人が、開口一番、

「こんな夜遅く、何事かと思って玄関を開けたら、営業マンですか。今何時だと思っ

ているんだ。ブザーなぞ鳴らさないでください」

と言って、私を睨《にら》みつけます。

私は思わず我に返って時計を見ました。なんと時計の針は、夜中の11時を指していました。私は家族のことを思うあまりに、時間すら忘れてしまっていたのです。

思わず私は土下座をしていました。どんなに夢中になっていたとはいえ、この時間では迷惑千万。自責の念にかられたとっさの行動でした。

「申し訳ありませんでした！」

必死に頭を下げて何度もお詫《わ》びを申し上げ、そのお宅をあとにし、その日は力なく家に帰りました。

翌日、大晦日の夕方ギリギリの時間まで、私は本を売り歩き、なんとか家賃分は確保しました。

しかし、それが精一杯。温かい衣服を買うこともできず、年の瀬の支度なんてもってのほかでした。

照子は雑煮《ぞうに》の代わりに大根を餅《もち》のような形に切って、しょうゆの汁で煮《に》ました。子どもたちはそれをおいしそうに食べてくれました。

それが私たちにできる、最高のお正月でした。

信じられない出来事

京都に来て初めて迎えた正月。

正月祝いもできない私たち家族の姿を見て、近所の方が、正月のごちそうの並ぶテーブルに、私たちを呼んでくださいました。

おじゃましてみると、なんと家族1人ひとりの名前を書いた名札を置いて、のしの付いた箸《はし》までそろえて私たちを迎えてくださったのです。

まぶしいほどに並ぶごちそうを見て、一瞬何が起きているかわかりませんでした。素晴らしい料理を目の前に、まるで夢の中にいるようでした。目に涙があふれてきて、招いてくださったご家族のまごころに、泣き崩れました。

「甘えることはできません」ととっさに申し上げましたが、「せっかく用意をしましたから」と強く勧めてくださり、結局子ども4人だけごちそうになりました。

信じられないような話ですが事実です。

私はそのとき、「君たちも、このご家族のように人の心を温められるような人になるのだ」と天が教えてくださっているように思えてなりませんでした。

私たちの冷え切った心を温めてくださったご家族のことは、40年の歳月が過ぎた今でも、少しも薄れることなく、心の中に刻まれています。

このように私たちは、いろいろな形で京都のみなさまに助けられ、お世話になって育てていただきました。

このような教訓を胸にいつしか「恩返し恩返し」と心に唱《とな》えながら仕事をするようになりました。

しかし恩を返すどころか、お世話になる方がはるかに多いように思えてなりません。

最大の試練

私たちは、生活に必要な物を買えずに、稼いだお金はすべて家賃と食費に消えていく暮らしをしていました。

照子の北海道の実家では、穀物、肥料等の会社を手広くやっていましたし、東京のテレビ局で活躍する兄や、相談すれば親身になってくれる姉妹もいましたので、手紙の1つも書けばこの貧困なる生活状態を助けてもらえることは可能だったでしょう。

しかし照子は、そうしたことをする人間ではありませんでした。

1つも泣き言をもらさず、弱音も吐《は》かず、気丈な女性です。誰かに頼ろうとすることは1度もありませんでした。

ただ1つだけ、こんなことがありました。

正月を過ぎたある日、4人の子どもがそろって熱を出しました。寒さのためでしょう。4人共ぐったりして寝込んでいます。額に手をやると、燃えるような熱さです。

みんな辛抱強く、泣いたりぐずったりしませんでしたが、口を開けて苦しそうに息をする姿に、高熱と必死に闘っていることが伝わり、見ているだけで辛《つら》くなります。

しかし、病院に連れて行くお金がありません。

照子は手ぬぐいを水で濡《ぬ》らして絞り、額にあて、4人を順番に取り替えますが、置いた手ぬぐいはすぐに熱くなって、いっこうに熱を下げてはくれません。

我が家には冷蔵庫がありませんでしたので、氷をつくることもできずにいました。

照子も私もほかに成す術《すべ》がなく、ただただ祈ることしかできませんでした。

苦しむ子どもたちを前に、照子は、向かいに住む龍谷大学の学生さんを思い切って頼ることにしました。

「大変すみませんが、子ども4人が高熱で苦しんでいます。氷を分けてもらえませんでしょうか」

その学生さんはとても親切に応じてくれました。

「氷あります。どうぞ使ってください」

そう言って、冷蔵庫からあるだけの氷を我が家へ持って来てくれました。そして、

「つくっておきますのでなんぼでも言ってください」

と言ってくださったのです。照子は、涙でお礼の言葉が声にならなかったと言います。

照子は氷水で絞った手ぬぐいを1人ひとりの頭に載せてあげながらこう言いました。

「道男よかったね。善和よかったね、哲よかったね、きみえよかったね。もう大丈夫よ」

照子はいつまでも泣いていました。

このときのことを思い出すと、今でもあの学生さんへの深い感謝の気持ちがよみがえります。

1月、2月、3月と、火の気のない我が家で、どうにか寒さと飢《う》えと闘いながら一冬を越すことができました。

思えばこの冬が、私たち家族にとっての、人生最大の試練でした。

春の足音が聞こえてくる頃になりましたが、会社からの給料は相変わらず本でした。3月には会社で社長の顔を見かけることもなくなり、それははっきりと倒産を意味していました。

「日本一の営業マンになろう」

京都に来て待ち受けていたのは、どん底の生活。初めて職を得て勤めていた会社がついに倒産。しかし私はありがたいことに、人のご縁で、新たな書籍販売会社に職を得て、しかも正社員になることができました。

京都に越してから紆余曲折《うよきょくせつ》ありましたが、1年近くたってやっとのことで私は、大手の書籍出版社、株式会社ほるぷに営業マンとして就職したのです。

私は、「これで思う存分、安心して営業に打ち込める」と夢を膨《ふく》らませていました。もちろん、生活は楽ではありませんでしたが、がんばれば人並みになんとかやっていけるという希望が出てきました。

このことが私の人生を大きく変えていくのですが、当時は何よりも、歩合制の給料ではなく、福利厚生のつく正社員になれたということが嬉しいことでした。私にとっては天にも昇るほどの感激だったのです。

初めて給料が出たとき、背広の内ポケットに入れた給料袋を何度も手で押さえながら大切に持ち帰り、照子に渡しました。

照子は、

「お父さん、ご苦労様です。本当にありがとうございます」

と言って泣きながら、名古屋の私の実家のほうへそれを掲げるようにして、「初めてお給料をいただきました。ありがとうございました」と手を合わせていました。

給料に続いて数日後、健康保険証が支給されました。初めてもらった給料同様、私は大切に大切に家に持ち帰りました。中を開いてみると、照子の名前に続いて、道男、善和、哲、きみえと4人の子どもの名前が書かれていました。

これで妻や子どもたちを病院へ連れて行けると思うと嬉しくて、その晩、大切に胸に抱いて寝ました。

照子はその保険証を持ってすぐに、体が弱っていた下の子2人を連れて病院に行き

ました。すると医師から、

「あなたが一番弱っている。よくぞ今日まで命がありました。本当は今すぐにでも入院するべきですが、４人の子どもを抱えていては無理でしょうね？」

照子が、自分が入院だなんてとんでもないとばかりに断ると、

「血圧が心配なほど低い。そして栄養失調です。輸血をしたいところですが体が弱りすぎていて逆に副作用が怖《こわ》いのでやめておきます。栄養のある物を食べて決して無理をしないことです」

と言って増血剤の薬を出してくださいました。

三男の脱腸も診《み》てもらい、年がまだ幼いので、もう少し大きくなってから手術をしましょう、と言われ、脱腸の対処法を教えてもらって帰りました。

こうして、私たち家族に新しい光が差し込み、私たちは明るく生きていく希望を持つことができるようになりました。

そんなある日、私は照子に「何か望みはあるか」と尋ねました。

すると照子は

「人様に幸せを届ける営業マンになってほしい」

と答えたのです。

私は、当時の状況から見て、

「1度でいいから、家族で旅行がしたい」

「おいしいものを腹いっぱい子どもたちに食べさせてやりたい」

「将来は、小さくても自分たちの家がほしい」

などといった、我が身我が家のことが話に出てくると思っていました。

「人様に幸せを届ける営業マンになってほしい」という言葉が出てきて、正直、仰天したのです。

当時の私は、目の前のことにばかりにとらわれて、お金がない、物がない、と翻弄《ほんろう》されていました。

ですから、わずかな給料でしたが定期的に入ってくることになったことから、お金や物で日々の生活を満たすことに頭が向いてしまっていたのです。

照子の言葉を聞いて、近視眼的になっていた自分に気がつくことができました。そして人のこと、社会のことを考える心の余裕をまったく失っていた自分を恥《は》ずかしく思いました。

若かりし私が、かつて生涯の夢と抱いていたその志は、

「社会のために、身を粉《こ》にして尽くせる人間になる」

ということでした。それを照子の言葉で思い出したのです。

我に返った私は、ならば書籍の営業マンというお役目をいただいた今、私の使命は「幸せを運ぶ配達人」なのだ、どんなお客様に出会っても、何が起ころうとも、どんなに貧乏していても、私利私欲を離れ、書籍を通してお客様に徹底的に幸せを届ける、これが天から授かった私のお役目だと気がついたのです。

この日私は、「日本一の営業マンと言われるような人間になろう」と決意しました。

そして、１９７３（昭和48）年10月1日、第９期決算月、売り上げの新記録を達成し、その決意を実現したのです。

「幸せを運ぶ配達人」

ここで私たちの運命を変えた、「株式会社ほるぷ」についてお話します。

1972(昭和47)年4月、私は倒産した会社で以前働いていた婦人に街で偶然に出会い、その方の口添えにより、ほるぷに入社することができました。今思えば奇跡的なことでした。

入社当時のほるぷ社は、「株式会社 図書月販」といい、通称ほるぷ図書月販と呼ばれていましたが、ほどなくして株式会社ほるぷと改称されました。

社長は中森蒔人でした。東大の法学部卒業で、のちの東大総長南原繁先生に可愛《かわい》がられ、1968(昭和43)年、南原繁先生は、ほるぷ社の創立5周年記念式典に出席し講演しています。

中森蒔人は日本近代文学館設立に大きく携わり、その運営にも貢献していました。

私がほるぷに入社した当時の日本近代文学館は、理事長は小田切進先生、名誉理事長が川端康成先生でした。

こうした関係性の中でほるぷ社は、日本の教育全般を支える販売店として、大きな役割を担っていったのです。

その日本近代文学館が刊行した「名著復刻全集 日本近代文学館」は、発売がほるぷ社で、その販売を私たちが担当しました。

私は入社しばらくの間は、営業のノウハウがつかめず、以前の会社で扱って慣れていた家庭向けの商品を手に持って、家庭訪問をしていました。しかしいつかは、学校などの教育機関で、「名著復刻全集 日本近代文学館」を販売してみたいと考え、それを目標にしていました。

時が過ぎて、大学から高校、中学、小学校に至るまで、学校の教師を中心にあの目標だった「名著復刻全集 日本近代文学館」を販売することができました。

商品が高額だったこと、学校での販売に不慣れだったこともあり、初めのうちは復刻全集の販売は厳しい状況でした。

それでも諦《あきら》めずに通い続けてがんばっていれば興味を示してくださる方にも出会うものです。私もそれなりの成績を上げられるようになっていきました。

私はいつしか全国各地に営業所を持つほるぷ社で、成績優秀な営業マンの中に名前を連ねるようになっていました。

しかし同じ頃、東京のトップ営業マンである田中氏らが、想像を絶するとてつもない売り上げをたたき出していました。その数字は、これが同じ人間の仕事かと信じられないほどでした。私は彼は怪物か、はたまた神様かと思ったほどです。

しかし私も負けずに、努力と工夫を重ねていました。

そのとき、私を支え続けてくれたのが、照子が私に授けてくれた信条「幸せを運ぶ配達人」です。

営業マンとは、お客様にとって幸せを運ぶ役割を担う。そのためにお客様にどんな本をお勧めするとよいか、どんな接し方を営業マンとしてするべきかを常に考え、そしてこうだと思ったやりかたを、徹底的に貫いていました。

心に迷いが出たときも、辛いときも、自分は「幸せを運ぶ配達人」である、という思いが自分を支えました、強くしてくれました。そして徹底的に「幸せを運ぶ配達人」を貫きました。

「幸せを運ぶ配達人」とは、顧客満足を第一にするということです。どんな人にも自分が幸せを運ぶのだ、その一心で営業活動を行なっていました。

そうするうちに、あるとき私は、全国の営業マンの中で、トップ50位に入ることができました。やっとの思いでした。

当時、京都の支社長中村氏をはじめ、50名ほどいた営業マンたちも、営業の難しい京都から全国の番付によくぞ入ったものだと、腰が抜けるほどに驚いていました。

私も感慨深いものがありました。

紆余曲折いろいろありましたが、照子が健康を取り戻し、家を守り、私を支えてくれたおかげでした。

やがて私は、全国のプロ営業マン3、000名のトップの成績をたたき出し、今度は私が怪物、神様と言われた田中氏を上回ったのです。

やっとたどり着いたと、夢のような現実に感涙したのを今でも忘れません。

当時、東京で超高層ビルの第1号として注目されていた京王プラザホテルで、ナンバーワンのダイアモンド会員として表彰していただきました。

当時、このダイアモンド会員の称号を得たのは、私以外に田中氏1人だけでしたので、名誉ある賞でした。

表彰式には、日本近代文学館理事長の小田切進先生も同席されました。今思えば、これほど光栄なことはありません。

当時の表彰状及び新記録達成と書かれた重厚なメダルを今でも大切に保管しています。

この栄《は》えある賞は、照子と私、2人で授かった賞でした。

心の感謝状

全国3,000人の営業マンのナンバーワンになったとはいえ、決していい日ばかりではありませんでした。

営業マンは常に闘いです。仕事に掛かれば真剣勝負、一瞬たりとも気を抜くことはできません。

私は、できるだけ、営業で何が起ころうとも、仕事のことを家には持ち帰らないようにしていました。

しかし、照子に言わせれば、営業でいいことがあれば、笑顔で帰ってきて機嫌がいい。悪いことがあったり、成績が思うようにならなかったりしたときは、顔がひきつって、怖《こわ》くて、近寄りがたいほどだったといいます。

ですがそれを見て、おろおろするような照子ではありませんでした。

たとえば私が落ち込んでいるときなど、妻は一緒になって落ち込むことはありません。

特別明るく振る舞っているわけではないけれど、淡々と家を守り、子どもを守り、私の心をそっと包んでくれていました。

ある日、照子に、どうしてそんな風に、私に振り回されることなく振る舞えたのか、と尋ねたことがあります。すると照子は優しく微笑《ほほえ》みながら、

「あなたに何を言っても聞いてはくれないし、黙ってついていくより仕方がないじゃ

ありませんか」

と言います。

そうか、私は自分のことで精一杯で、照子の話を聞いてやれていなかったのか、とあとから反省した始末です。照子はこうも言いました。

「トンネルは必ず抜けるし、お天気の日もあれば、雨の日もある。悪いことばかり続くことはないでしょう。それに、あなたのご機嫌にいちいち左右されていたら、身がもちませんよ」

営業マンの妻として、営業とはどんなものかをよくわかっていて、私に接してくれていたのだと知り、的を射た妻の言葉に心から感心しました。

一流の営業マンは「明けない夜はない」ことがわかっています。ですから仕事の中で壁《かべ》にぶち当たっても、逆境に出合っても動じず、決して投げ出したりはしない、ていねいに解決しながら、しぶとく乗り越えていくのです。だからこそ、一流を長く続けられるものだと思っています。

それは家族側から見たら、仕事一筋に気ままを貫く夫、父親と映っていたかもしれません。しかし照子は、それをよく理解していたのです。

ですから40年近く営業畑一筋で歩む中で、仕事に没頭し猪突猛進だった私を支えてくれていたのです。仕事一辺倒な私を見ながら、人生とはこういうものだ、と肝《きも》に銘《めい》じていたのかもしれません。

そんな照子がいたからこそ、私は一流を長く続けられたと思っています。

それができたのも、照子のこうした支えのおかげなのです。

心の感謝状を贈りたいと思っています。

愚痴《ぐち》ひとつ言わない妻

ある日のこと、私の著書『営業マンは幸せを運ぶ配達人』を読んで感動したと、北海道からわざわざ電話してくださった人がいました。

妻が電話に出ましたが、「本を持ち歩いて何度も読ませていただいている」とおっしゃってくださり、照子は嬉しく思ったそうです。

するとその方が電話の向こうで、「苦労の中、奥様はよくも離婚をされず、ご主人についていかれましたねぇ」と言ったというのです。照子が、

「離婚などまったく考えたことはありません」

と答えると、「失礼なことを申し上げ大変失礼いたしました」とていねいに詫《わ》びて、ご発展をお祈りしていますと言って、電話を切ったということでした。

その話を帰宅して照子から聞いて、私たちは離婚など頭の片隅にも浮かばなかったなぁ、4人の子どもと共にどう生きるか、1日1日を生きるのに必死だったなぁ、と話しました。

そのとき照子は笑いながら、

「離婚ですか、その手があったのですねぇ」

と冗談を言い、2人で笑ったことを覚えています。

むかしの古い軽自動車に、病気の妻と幼子4人の6人が乗り込んで、着の身着のまま一文無しで京都にやって来た、そのあまりにも無謀すぎる行為から始まり、イバラ

の道をくぐり抜け、奇跡のような今日の幸せにたどり着いたことはまるで夢のようです。

私たちは、京都へ出て来てから、誰にも助けを乞《こ》うことはありませんでした。2人で話し合ったわけではありませんが、暗黙の了解で、それだけは頑《かたく》なに守り通しました。

照子の兄や姉たちもそれぞれ活躍していましたので、照子から依頼をすれば、いくらでも協力してくれたはずです。

しかし照子は、兄姉たちに泣き言を言うことはいっさいありませんでした。私からも、そのような類のことを口に出すことはありませんでした。

この北海道の方のお電話から、当時を思い出し、そこから今日のような幸せな日々にたどり着いたことを奇跡に感じ2人で感慨にふけりました。

また、あるとき、こんなことを言われました。

「林さんのところは奥さんが偉い」

書道家として大勢の弟子を育ててきた照子を持ち上げてくださるのです。

あるいは、私の本を読んで、

「奥様は今どうされていますか。元気にご活躍ですか」

と気にかけてくださる人もいます。

ときには照子をやり手の才女のように、

「奥さんはすごい人」

とほめたたえてくださる人もいます。

たしかに、照子はある意味においては、すごい女性だと思っています。

しかし私の妻は、やり手でもないし、才媛《さいえん》でもない。先頭に立つ女性リーダー的なタイプの人間でもありません。

照子は、人には挑戦することを勧め、大胆で失敗を恐れない人を好みますが、自分はどうかといえば、まったく真逆で、人の前に出ることを嫌い、チャンスがあっても決して飛び込んではいきません。

「私はこれでいいの」

という、謙虚で控《ひか》えめな女性です。

しかし照子は、愚痴《ぐち》を言いません。そして人を悪く言いません。言わないだけでなく、悪く思うことすらしません。そして、人を大切にする心に満ちあふれています。これが、妻のよいところです。

加えて言えば、私を一家の主として、辛抱強く陰で支えてくれます。私が1度口にしたことは、照子の考えと違っていたとしても、反論して私の顔をつぶすことは決してしません。黙ってついて来てくれます。

平凡ですが、波風を立たせない心優しい女性で、女性の鑑《かがみ》といえるのではないかと、私は思っているのです。

すべてとは言いませんが、学ぶところの多い女性だと思っています。

寄り添う

私は営業マンとしての歩みを順調に進めて山科《やましな》に自宅を購入できるまでになってい

ました。

山科の家の周辺は、時おりうぐいすの鳴き声が聞こえるようなとてもよい環境で、私たち家族6人は夢にまで見た幸せな家庭を築くことができたのです。山科の家での、平和な一家団欒《だんらん》の時間は、何にも代え難い宝物でした。

そんな穏やかな日々を過ごす中で、あるとき、気にかかることが起こり始めました。

照子は近所に住む奥さんとすれ違いました。いつものように挨拶を交わそうと見ると、顔が大きく腫《は》れ上がり、目の周りに青あざができていました。照子は驚いて尋ねました。

「奥さん、そのお顔どうされましたの？」

奥さんは黙って何も答えず、ただ悲しそうな顔をしています。

照子はその表情から、人には言えない家庭の事情で何か起こったのだと思いました。

「奥さん、どんなことでも、よろしければお話を聞かせていただきますから、いつでも私の家に来てくださいお待ちしていますよ」

照子の心の中にはいつでも、人のためになることをしたいという思いがあります。ですからそのような言葉をかけて奥さんと別れました。

するとその夜遅くに奥さんが、我が家を訪ねてこられました。その日はたまたま私も早く家に帰っており、一緒にお話を聞くことになりました。

お話を伺うと、その奥さんは、男の子を持つ男性と結婚し、その後自分との子どもも生まれ、家族4人で暮らしているというのですが、自分は2人の子どもに同じように愛情を注いでいるつもりでも、夫が接し方に偏《かたよ》りがあると言って暴力を振るうというのです。これが毎日のように続いて、自分はもう気が狂いそうだ、と泣きだしてしまいました。

奥さんの話はとぎれることがありませんでした。今まではけ口がどこにもなかったのでしょう。心に募っていた不満と不安が一気に吹き出しました。

およそ3時間、話をし尽くした頃になると、奥さんの顔にだんだん血の気が戻ってきました。

話を聞いている私たちは、もう最後はへとへとでした。しかし、どんどん明るくなっていく奥さんの顔を見ると、充実感と喜びが胸に湧《わ》き上がってきました。

「ああ、もう11時、帰らなくては。遅くまで申し訳ありませんでした。失礼いたします」

そのうしろ姿が、なんとも明るく軽やかに見えたのは私も照子も同じでした。

奥さんは翌日の夜も来られ、同じ話を3時間ほどして帰られました。それは、その次の日も、次の日も続き、ついに半月も過ぎ1か月近く続きました。

1か月も続けて来られるとは思ってもみませんでしたが、照子はそれを嫌《いや》な顔も見せず受け入れたのです。その温かい大きな心が、この奥さんに安心を与えたのでしょう。

端《はた》から見ていると、まるで根比べのようではありましたが、しだいに奥さんの口から、ご主人への不満の話が出てこなくなっていきました。

そしていつしか、奥さんの家庭は、明るい平和な家庭になったのです。

どうしてこうなったのか、私にはわかりませんが、とにかく不思議にも、照子が毎日話を聞いているうちに1軒の家が救われたのです。

照子にしてみたら、夜の7時から10時過ぎまで、子どもを風呂に入れたり、食事をさせたり、主婦としては一番忙しい時間です。しかし照子はそれをまったく表に出さず、我がことのように気持ちを寄せて耳を傾け、ときに共に涙しながら聞き続けたのです。

そのことで、その奥さんは、心が変わっていったのでした。人が変わることによって、家庭全体が変わったのです。

いつのまにか明るい表情になったその奥さんは、その後も度々我が家にやって来ました。

照子は、寄り添うことで、1人の人を救えたことをとても喜んでいました。

照子の大きな愛

北海道に住む私のいとこから、ある日1通の手紙が届きました。そこには、世話になっている人の娘さんが結婚して滋賀県の彦根にいるが、大変苦労をしているようなので1度訪問してやってもらえないだろうか、という相談が書いてありました。

さっそく照子と2人で、その娘さんの家を訪ねました。

古いアパートの1室でしたが、畳半畳ほどの玄関口は、足の踏み場もないほどの履物《はきもの》で、薄汚れた部屋の中は物に埋まるような状況でした。

声をかけると、奥から髪の乱れた女性が怪訝《けげん》そうな顔をして出てきました。年の頃は30過ぎなはずなのに、化粧気もなく、やせ細った顔はどす黒い色をしています。それがその娘さんでした。

北海道の両親が気にかけていることを話しましたら、涙を流して喜び、話を聞くことになりました。

と言っても部屋がとても入れるような状況ではないので、表で立ち話をしばらくしました。

様子を聞くと、年老いた夫の両親と、自分たち夫婦と2人の子どもの6人で暮らしているが、上の子が白血病で不憫《ふびん》でならないというのです。年老いた両親も介護が必要な状況で、その娘さんは、介護疲れと子どもの世話疲れで、生きる気力も失せているようでした。

「いっそのこと、死んでしまおうと思い、何度も琵琶湖の水辺へ長男の手を引いて行きました」と話すのです。

私と照子にとってはもう、人ごととは思えませんでした。

なんとかこの状況を助けてあげたい。しかしその場ではどうすることもできません。私たちはその娘さんに、

「明日また迎えにきますから1度、私の山科の家にいらしてみてはどうですか」

と告げてその場をあとにしました。

帰りの車の中で、私も照子も、しみじみと泣けてきました。かつて京都に来たばか

りの頃の私たちの、苦しかった暮らしが思い起こされたのです。照子も私と同じ気持ちでした。とても放っておくことなどできません。

しかしだからといって、何をしてあげられるのか、思いつきません。ただただ、祈るばかりでした。照子も私も、心の中で「なんとか幸せになっていただけますように」とお祈りしていました。

翌日迎えに行き、その娘さんと子どもが私の家にやって来ました。私は娘さんに向かって思わずこう言いました。

「もう大丈夫です。私たちが味方になりますから安心してください。心配はいりません」

なんの根拠もありませんでしたが、なぜか言葉がそう出ました。半ば祈るような思いだったと思います。私が白血病のその子どもの小さな手を愛情を込めて握りしめると、

「おっちゃん、ありがとう。なんだかボクの体が喜んでいるような気がしてきた」

と言いました。あどけない美しい瞳からは涙がこぼれていました。

私はその姿に、この母と子は、人からの愛情が足りていないのではないだろうか、と直観的に思いました。

この母親の話を親身になって聞いてあげよう。私と照子はそう思い、これからも私の家に来るように伝えました。

照子の、我を忘れて人を助ける姿に私は、いつも敬服していました。このときも私が思う以上に、この娘さんに尽くしてあげようとしていました。

その後、何度もその母子を山科の家に呼び、話を聞いてあげました。そして照子は心を尽くして優しい言葉をかけ続けました。

するとどうでしょう。母子共に、だんだんと表情が変わり、瞳に光が宿り、見るからにいきいきとしてきたのです。

こうした変わり様を見るのは初めてではありませんでしたので、ああこの方たちもやはり、愛情に飢えていたのだなとわかりました。

照子は変わらず、親身になって話を聞き、言葉をかけます。

いつしかその母子は、すっかり元気になっていきました。私たちに会う前とその後の彼女の姿の変化は、おそらく見る人は目を疑うに違いありません。それくらい見違えるようでした。そして家族がまるごと明るくなられました。

私たちがしたことは、ただただ話を聞いてあげることだけでした。それ以上のことは何もできません。心を尽くして親身になって話を聞き、ただただ幸せを願う。それだけでした。

とくにこういうとき、照子の力は偉大です。私よりもはるかに大きな愛で、相手の方を包むのです。相手の方も安心して、心を開いて照子に語ります。それが何時間続こうが、何日続こうが、照子は心を離すことなく聞き続けるのです。

私もときに、かなわないと思うことがあります。その大きな愛が、相手の人を変えていくのだと思います。

のちに、その娘さんは、こんなに美しい人だったのかと思うような、信じられないほどの輝きを取り戻しました。家庭も明るくなり、ご主人共々愛情あふれる家庭をその後築かれています。

結局、人を救うのは、お金でも、物でもない、ということなのです。

人を救うのは、人の心、思いやりの心なのです。それは深い愛情と祈りだと私は照子から教えられました。

人は、愛情が足りなくなると、力を失います。もし近くに困っている人がいたなら、心から幸せを祈ってあげてください。そして愛情で包んであげてください。手を握ってあげたり、背中をさすってあげたりして、身体に触れて、優しく話を聞いてあげてください。心のぬくもりがそれだけで伝わります。

幸せとは、そういうぬくもりから生まれると思います。

娘を信じた照子

京都を拠点に暮らしていた私たちでしたが、1度だけ生まれ故郷の名古屋の人たちに請《こ》われて一家で戻ったことがありました。末娘が小学5年生のときです。

そのとき、末の娘は、転校先の名古屋の学校で、関西弁を理由にいじめにあいました。その後、不登校になり、京都では優秀だった成績も、下落の一途をたどっていきました。

私は私で、名古屋の父たちとの確執《かくしつ》に悩み、心にまったく余裕がありませんでした。

そうしたことが重なり、娘の下降していく成績に、叱《しか》りこそすれ、助けよう、支えようという気持ちは、まるで生まれてきませんでした。

娘もまた、多感な年頃も手伝って、私たちと距離を置いていました。気軽に話をしたり、相談を持ちかけたりすることがなくなっていたのです。

そんな中で娘は1度だけ、照子に相談しようと思ったことがありました。

その日娘は、出張から帰る照子を迎えにゆき、駅で待っていたのですが、不運にもすれ違いが起こり、照子が先に家に着いてしまいました。

娘はせっかく母を迎えにいったのに、それが無視されたと思ってしまい、怒って口をきかなくなりました。憤りを抱えたまま、以来、私たちに対して心を閉ざしてしまったのです。

数日後、娘の部屋をのぞくと、ノートが開いてありそこに「助けて、助けて」と書きなぐってありました。

私は驚いて照子と話し合い、娘と接する時間を持つようにしようと心がけました。しかしそう簡単に娘は1度閉ざした心を開かず、私や照子が声をかけても、返事をせず、私たちとなかなか言葉を交わそうとしません。そんな日々が続きました。

それから2年あまりの月日が流れました。

私は父たちとの溝《みぞ》を埋めることができず、ついに実家を再び去ることになりますが、私たちの心は立ち上がれないほどボロボロになっていました。

一家は、再び京都での暮らしを始めたのです。

娘は京都の中学へと転校し、いじましくもがんばる姿を見せてくれ、成績も上昇し、無事卒業するに至りましたが、私たちとの心の距離は離れたままでした。

進学すると今度は、娘の帰りが遅くなるようになり、どうすることもできず、照子も夜気がつくと涙で枕を濡らす日が増えました。私はこの頃、子どものために命を張ってがんばってきた照子を悲しませる娘を半ば、恨《うら》みたいような気持ちに駆られていました。

　ある日、照子とひざを突き合わせて、夜を徹して娘のことを話し合いました。どうしたことだろうという思いに2人共沈んでいましたが、不思議にも、私の心に浮かんだ言葉が、ほぼ同時に照子の口から出てきました。その言葉は、

「きみえが親不孝をするはずがありません。あの初めて京都に出てきたとき、ミルクの代わりに市場で捨てる野菜をもらってきて、それを口に入れてやると幸せそうに食べてくれて、親を助けてくれた子どもです。そんな子が親不孝をするはずがない」

　これをきっかけに、2人の気持ちが定まりました。

「娘を信じて待ちましょう。娘を信じましょう」

　娘が帰ってきたら、明るく「おかえり」と迎えてあげよう。そう2人で決めると、照子の顔もいくらか晴れやかになったように見えます。

　それからひと月ほどたった頃、娘から照子に突然電話がありました。照子が電話口に出ると、受話器の向こうから、久しぶりに聞く優しい声が届いたと言います。

「おかあさん？」

照子はその一言で、娘に変化が起きたことを一瞬で悟りました。

「きみえ、どうしたの」

「おかあさん、今までほんまにごめんな」

「いいのよ、おかあさんのことはいいの、早く帰っておいで」

「おかあさん、わたし、今やっと目が覚めたの。背中にずっとのしかかっていた重い荷物が、ようやく背中から降りたみたい。おあかさん、ほんまに、ごめんなさい、ごめんなさい」

照子は電話口で泣きじゃくっていました。

それから数時間後、娘が帰ってきました。その穏やかな顔に、ああ娘は私たちの下に帰ってきたと思いました。

聞くと娘は、親友に尋ねられ、自分の生い立ちの話を彼女にしたのだと言います。

そのつもりなく話していたのですが、知らず知らずに京都に来たばかりの頃の両親の苦労の様子が口から出てきて、自分の話した言葉で自分が聞かされているようだった、と言うのです。

すると感謝の気持ちがあふれてきて、心にあったわだかまりが一気になくなり、母親の声を聞きたくなったというのです。

照子が、娘を信じて待ちましょうと言ってくれたその気持ちが、きっと本人に届いたのでしょう。

このとき私はまた、祈りは必ずや通じるものとの思いを再確認したのでした。

照子の荷下ろし

子どもたちが無事成長し、それぞれが結婚をする年を迎えました。

最後の娘の結婚式を終えた夜、家に着いた照子は、テーブルに持っていたハンドバックを置いて、両手をどんと天板につき、

「ああ終わった、ありがとうございました」

と言いました。

京都に来て、家も仕事もない公園暮らしから始まり、壮絶な貧乏生活をくぐり抜け、書道を学びながら社会に貢献することを夢見て努力を重ね、そして実現し、４人の子どもを無事送り出した、その役目に一段落という思いだったのでしょう。病弱だった照子にとって、命があるということそのものが奇跡であり、感謝で希望でした。

お役目を終えたという気持ちが、心の底からため息のようにふうーっと出きったそのとき、照子は耳元で、不思議な声を聞いたと言います。

『これから、これから』

それはまるで、マリがころころと転《ころ》がるような声だったと言います。

『これから、これから』

照子に、人生はまだ終わりではないよ、命はまだ続く、これからだよ、というどこからかのメッセージだったのでしょう。

照子はことあるごとにこの話をします。

花への愛

２０１７（平成29）年5月14日、母の日、息子たちが美しい花束を持って祝いにやって来ました。

楽しいひと時を過ごし子どもたちが帰ったあと、テーブルの中央に置かれた、息子たちが持って来てくれた花に語りかけるようにしている照子は、本当に幸せそうでした。

翌日、息子たちの招待で、函館に3日間行くことになっていました。

出発の朝になって、その花が活けてある花瓶《かびん》の水をいっぱいにして、

「ごめんね、3日間留守にするけど、元気にしていてね。すみませんね、お願いします」

と照子は花に語りかけてから、出発しました。

3日後の夜、家に着いて早々に、着替えもせずそのままの姿で、花瓶の水を替えていました。

美しく開いたままの花を見て、

「よかった、ごめんね、ありがとうね」

とつぶやきながら、花のお世話をしていました。

それはまるで、首を長くして母の帰りを待っていた我が子を抱きしめる母親のような光景に見えました。

相手は人間ではないけれど、人に接するのと変わらない愛情を何に対しても持つ照子に、私は足元にも及ばないと思いました。

恩師の言葉「こそ」の教え

私たちが結婚式を挙げたときのお話です。

私たちは名古屋の教会で式を挙げました。照子の親代わりになってくださった、恩師の伊藤はな先生が、私たちに話してくださった言葉があります。

夫婦円満に、幸せに過ごそうと思ったら、これをしっかり守ることですよ、と次のようなことを教えてくださいました。

それは、「こそ」という言葉の使い方だとおっしゃるのです。

たとえば夫が妻に対して、

「君がいればこそ、僕がこうしてなんの不自由もなく働くこともできるし、幸せに過ごすことができる、本当に君がいればこそだ」

と言うと、妻は夫に対して、

「いえいえ、あなたがいればこそ、家を守ることもできるし、働くこともできる、あなたいればこそです」

「いえいえ君がいればこそだ」

「いえいえ、あなたがいればこそです」

このように、お互いが「あなたのおかげさま」を忘れないようにいたとしたら、その家庭は盤石《ばんじゃく》です。

しかしこれを、「こそ」を取り違えて、

「自分ががんばっているからこそ、おまえが幸せに過ごすことができるのだ」

「いいえ私ががんばっていればこそなのですよ」

とお互いが、「自分がいればこそ」だと言って、「こそ」を取り違えた使い方をしたら、そのときからその夫婦は崩壊《ほうかい》に向かいます。

絶対に「こそ」の使い方を間違わないようにしてくださいね、というお話でした。

その話は、相手の立場を尊重し気遣う、夫婦円満の秘訣でした。

いただいたこのありがたい言葉を私は、実行できたかというと、必ずしもそうではありませんでした。

思い起こせば、長い暮らしの中に、妻を悲しませるような言葉を浴びせたり、妻の話もろくに聞きもしないできつく意見をしたりすることが、これまで多々あったと思います。

しかし、そんなとき、先生のあの言葉を思い出し、自省しました。自分は今、「こそ」を取り違えているぞ。先生の言葉に、未熟な私はどれほど助けられたかしれません。

それは私たち夫婦の間だけではなく、思いもよらないところでたくさんの人たちを助けてくださっているのです。

こんなことがありました。

親戚の結婚式に招待されたときのことです。披露宴《ひろうえん》の会場で、始まる前に突然、私は挨拶をしてほしいと言われました。

話の用意もしていませんし、ご遠慮申しあげたのですが、それでもどうしてもと頭を下げられ苦慮していたら、あの伊藤はな先生の言葉を思い出したのです。

そうだ、この話をさせていただこうと心に決めました。

そして、じつは私の結婚式の折、私の恩師が教えてくださったうんぬんと前置きして、「こそ」の話をしたところ、思いもよらず、大変好評をいただいたのです。そして披露宴のあと、「こそ」の話はよかった、よかったと、大勢の方々から喜びの声をいただきました。

お役目が果たせて、その日はいい1日になりました。

それからことあるごとに、その話をするようにしていますが、どこへ行っても大変お喜びをいただいているのです。

この話をしているときは、私たち夫婦のことが走馬灯《そうまとう》のように思い出されて、いつもとても胸が熱くなります。そして、私自身もまた、初心に帰ることができるのでした。

先生の「こそ」の話が、私たちを育て導いてくださっているだけではなく、世代を越えて喜びの中に伝わっていくことを思うと、言葉というものの持つ力に驚嘆いたします。

しかし、この話をみなさんの前でして、一番影響を受けているのは、私自身だったかもしれません。50年たった今でも「こそ」の言葉は私の心に生き続け、そしてこの話を誰かにすることで、私は原点を思い出し、背筋を正す思いがします。

私たちが名古屋にいた１９７１（昭和46）年7月20日を過ぎたとある日、大恩のある、その伊藤はな先生がお亡くなりになりましたが、私は若造ながら先生の通夜、葬儀の司会という大役を仰せつかり、無事に務めさせていただきました。光栄の極みでした。

私にとってはすべての師であり、ご指導をいただいていた先生を亡くしたことは、心の支柱をなくしたも同然で、悲しみにくれました。

しかし先生の思い、そして言葉は、今でも私と照子の心の中で生き続けています。

私たちにとって人生の土台となるほどの、宝の言葉になっているのです。

老人ホームで教える妻

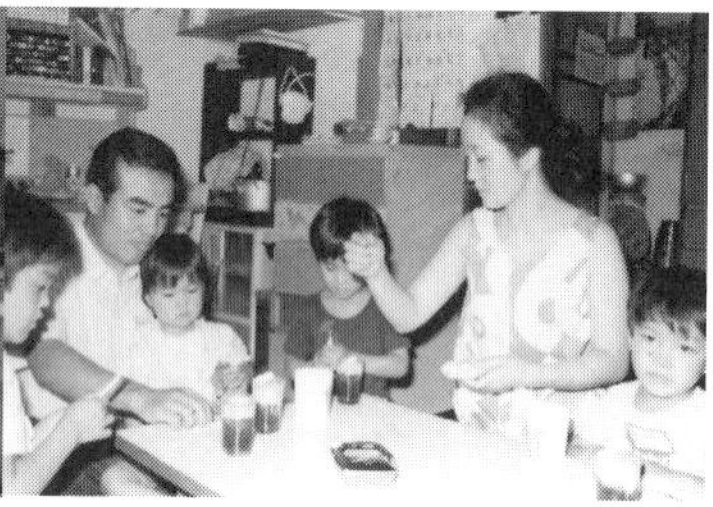

昭和48年やっと軌道に乗り始めた家族

昭和60年頃から老人ホームで書道の奉仕
をさせて頂き始めた頃の妻

林薫

と妻、照子

昭和49年、3000名の頂点のダイヤモンド
会員の表彰を受けた頃

平成２８年妻と私

照子の強さ

照子の一言

私は会社で営業マンとして成績を伸ばし、全国の営業マンの中でトップにのぼり詰めようとしていました。

いずれこのまま成績を極めれば表彰する準備がある、と本社社長から連絡があり、私は死ぬ気でこの偉業を成し遂げるぞ、必ず達成するぞ、と毎日自分を鼓舞《こぶ》していました。

意気揚々《いきようよう》と仕事をしていた私は、営業マンとしての絶頂期を過ごしていました。

ただし、そのとき社長の出した条件は、この1年間の成績が前年を下回らないこと。私はこのままいけば大丈夫と考えていました。

ところが、その後、運悪く、私は体調を崩してしまったのです。それまで我慢していた痔病《じびょう》が悪化して、しばらく休養を取らねばならない状況に追い込まれました。

しばらく会社を休み、さらに手術をすることにもなり当然、その後は安静も必要です。私は思うようにならない体を抱えて、絶望的な思いで治療を受けていました。

当然、営業の仕事はできません。病院にいても、自宅にいても、同僚の営業マンの揚々たる姿が思い浮かび、反対に自分の今の情けなさに、絶望的な気持ちになります。

手術後の回復も思うように進まず、療養が長引いてしまい、成績が前年を下回りかねない事態になってきました。

そこから回復して、ようやく以前のように動けるようになったのは、成績締め切りの、わずか10日前でした。

「これはもう無理だな」

私の中ではその思いが渦巻いていました。それが無念でトイレでいつの間にか泣いていたのです。

するとと照子がそれに気づき、私に言いました。

「あなた、死ぬ気でやると私に言っていたじゃないですか」

私に意見をすることなど1度もなかった照子が、そんなことを言い出して私はびっくりしました。

「10日しかないとおっしゃるけれど、あなた、まだ10日もあるじゃないですか」

私はガーンとハンマーで頭を打たれ、目から火の出るような衝撃《しょうげき》を受けました。

「まだ10日ある」

「10日もある」

おそらく私の様子を見ていた照子も辛《つら》かったのでしょう。ふと目をやると、照子も目をまっ赤にしていました。

照子の言葉に、私は目が覚《さ》めました。

「10日もあるんだ。そうだ。死ぬ気でやってみよう」

その時点で、その月の販売はまだゼロです。

私はふと思い立ち、手帳を1冊用意しました。そしてその晩から夜通し朝までかけて、過去のお客様、現在のお客様、この先見込みのあるお客様の名前を1人ひとり書き連ねていきました。

その手帳に名前を書きながら、あのお客様にもお世話になった、このお客様にもあの本を買っていただいた、とそのときのことを脳裏《のうり》に思い巡らしながら、名前を挙げていきました。

やってみると、思った以上に、手帳に書き切れないほど、たくさんのお客様の名前が連なりました。私はこんなにたくさんのお客様に支えてもらってきたのだなあ、と感慨深い思いが湧いてきました。

翌日から私はその手帳を手に、1人ひとりのお客様を訪ね歩き、必死で営業をしました。

何かこれまでと違う、清々《すがすが》しい気持ちでお客様たちと接することができました。きっと照子の一言に、自分が生まれ変わったような気持ちになったのでしょう。会うお客様のお顔を拝見するたびに、いつも「ありがとうございます」という心からの感謝の気持ちが湧いてきます。

するとどうでしょう。多くのお客様が、本を買い求めてくださったのです。

そしてその結果、信じられないことが起こりました。

たった10日間で私は、ひと月の売上金額で、それまでにないような全国1、2位を争う数字を上げたのです。

照子の一言で、私は自分でも思ってもみなかった偉業を達成することができ結果、社長の約束の通り、全国の営業トップとして表彰されることとなりました。

照子から意見されたのは、あとにも先にもこのときだけです。

あのとき照子の一言は、私にできないことをうしろ向きに考えるのではなく、できることを前向きにと考えさせてくれたのです。

それは発想の転換、照子あっての結果でした。

「よいことが丸々じゃないですか」

営業回りで車を運転していたときのことです。

踏切で遮断機《しゃだんき》が下り、私は一番前に停《と》まりました。ふと前を見ると、踏切の中で子どもが自転車の車輪を線路の溝《みぞ》にはさまれ、必死になってはずそうとしています。

私はとっさに車を降りて、力任せに引き抜いてやり、子どもを線路の外へ押しやって、自分も即座に端《はし》に身を寄せました。

その瞬間、けたたましい音を立てて、電車が私たちのすぐ横を通り過ぎていきました。

危機一髪の出来事でした。

胸がドキドキするのを感じながら、子どもに「大丈夫だったか?」と声をかけました。

自分でも信じられませんが、私はとっさの判断で、子どもの命を救ったのです。

しかし、私の動揺とは裏腹に、その子どもは礼の言葉もなく立ち上がり、自転車を押して人にまぎれて行ってしまいました。

私はまだ興奮が収まりません。しかし、あたりに大勢いる大人たちもみんな何事もなかったかのように往来しています。

私はよいことをしたつもりなのに何か拍子抜けした感じになりました。そして車に戻り、その日はむなしい気持ちで帰途につきました。

帰ってこの話を照子にすると、

「よいことをしてよかったですね」

と目を潤《うる》ませながら喜んでくれました。

しかし私は煮《に》え切りません。子どもが礼の言葉もなく行ってしまったことに不満をもらすと、

「お礼を言われるためにしたわけではないのですから、よいではありませんか」

と照子は言います。

私がそれを聞いても釈然《しゃくぜん》としないでいると、照子はさらにこう言いました。

「お礼を言われたら差引ゼロになってしまうけれど、お礼を言われなかったのだか

ら、よいことが丸々じゃないですか」

思いがけない発想に、私は目を丸くしました。そしてなんだか笑《え》みが湧《わ》いてきました。

よいことをして、お礼を言われなければ、丸々自分のもの。

この考え方はいいなと素直に思えたのと同時に、いつまでも自分が憮然《ぶぜん》としていたことが恥《は》ずかしくなりました。

私はもう1度、踏切での一部始終を思い出し、最後に「よかった、よかった」と思うことができました。

照子に1本取られたエピソードです。

「はい」に現れる誠実さ

照子が、「まるで神様のような女性だ」と称賛する人物がいます。

照子が名古屋の私の許《もと》に嫁《とつ》いできた頃、家の中の手伝いをしてくださっていた女性Hさんです。彼女は照子と同年代でした。

考え方が純粋で、素直で、心が優しくて、高ぶらず、頭がよくて、働き者で、加えて健康で、このような女性は日本中探してもそんなにいない、と言えるような女性でした。

私のことを若先生と呼んでくださり、妻のことを若奥様と呼んでくださっていました。

どんなお願いをしても嫌《いや》な顔もせず、気持ちよく引き受けてくださいました。とくに照子にとっては助けの恩人でした。

わが家には4人の幼子がいましたが、体が2つも3つもほしいときに、子どもを背中におぶって、走り回っていてくださっていました。

私はこの女性の「はい」という返事、どんな無理難題でも必ず「はい」と返事をされて行動に移される姿勢に、感謝と、頭の下がる思いを持っていました。

照子は今でも、Hさんのことが話に出ると、神様のような人だと言います。

ある団体旅行を計画したときのことです。

父が1、000名の参加者がほしい、と打ち出しました。

私は密《ひそ》かに、その1割である100名の参加を1人でつくろうと心に決めていました。

忙しい中ですが、時間をつくっては募集に歩き、50人つくり、80人になり、2、3か月ほどの間に、100人に到達し、結果的に百数十名に達しました。

そのときHさんは、ぴたりと私と同じ数字の参加者をつくっていたのです。

私に負けまいと思ってがんばっていたのか、あるいは偶然100という数字をなんとかしたいと、心に定めてめざしていたのかはわかりませんが、100名を超えていたのです。

私の驚いたことは、Hさんは何かと忙しいことが多く、うまく時間が取れないのと、私は父の子、息子さんが来てくださったという有利さがあるはず、その中で私と同じ数字をたたき出すということは並大抵なことではないと思います。

それをいともたやすく成し遂げたのです。

まだ若い結婚前の女性、恥じらいもあるでしょう、この、やる気、勇気、決意、情熱、覚悟、は半端《はんぱ》なものではないと思います。

私が「Hさん、すごいねぇ、大したものです」と心を込めて言いましたところ「いえいえ若先生こそすごいじゃありませんか」と嬉《うれ》しそうに笑顔を見せてくれました。

私は心の中で、この人は応援してあげて、それなりの方向を考えてあげていたら、とてつもなく大物に成長される女性だと思っていました。

父がその方向を考えてくれることを心に願っていましたが、当時の私としては願うことしかできなかったことがなんとも悔《くや》まれてなりません。

そのHさんが、私たちが結婚して4、5年たったでしょうか、父の紹介で、いい人と縁《えん》があり遠くへ結婚して行かれ、照子は杖《つえ》、柱《はしら》をいっぺんにもぎ取られたように悲しかったと今でも語ります。一昨年でしょうか、お孫さんが京都大学に合格され、家族でわが家に立ち寄ってくださいました。今でも私たちに昔と同じ、若先生、若奥様、と呼んでくださっています。

学ぶところがいっぱいの、素晴らしいHさんです。

照子にとっては「みんないい人」

私の家には、様々な人が出入りします。

いつ誰が来られても、明るく迎えるようにしています。

私の心の中には、正直なところ、歓迎できる人と、そうでもない人がいます。しかし、分け隔《へだ》てなく明るくお迎えします。

私がどんな人でも迎え入れる心境になれたのは、照子の言葉にあります。

照子の考え方は次の通りです。

「人は百人いれば百人の人柄、千人いれば千人の人柄がある。そういう人だと思えばいい」

「辛いときなどは、すべては天が見ている。天が精算してくださる」

「気にしすぎると、その人よりこちらのほうが疲れてしまうから、それでは何も生み出さない」

照子のこのような話を聞くと、気丈で、強気で、腹の座った人間のように思えますが、決してそうではありません。人目につかない部屋でこっそりと涙を拭《ふ》いている姿をよく見かけます。

あるときなどは、窓の鍵《かぎ》をすべてかけ、大声で泣き叫んでいたこともあります。

照子は、

「人の心を直すことは容易ではないが、自分を直すことならできる」

そう言って、自分の態度や考え方を変えることで、すべての人を寛容《かんよう》に受け入れています。

私は照子の話を聞いて、すべてが腑《ふ》に落ちたわけではないけれど、照子が言うならばそれでいい、と心に定めています。

そうは言っても私には多くのおつきあいの中に、できればお会いしたくないなぁと思う人が何人かはいます。お会いすると、こちらが何も悪いことをしていないのに、顔をそむけるようにして行かれます。不思議なことにそんな人ほど、よくお会いする機会があるのです。

またある人は、話を始めたら止まらない人もいます。時間がないのに困ってしまうことがあります。言葉の乱暴な人もいます。思ったことをずけずけ言われ困惑することがあります。挨拶をすると思わず逃げるようになります。

そんなこんなでいろいろな人がいますが、照子にはそのような人が1人もいません。

お喋《しゃべ》りな人に出会うと、頃合いを見て、「時間がないのでごめんなさい」と言って上手に切り上げます。会ったことに嫌な気持ちはみじんも持ちません。

言葉の乱暴な人でも、心の奥にある優しさを見ています。上手に話を聞いておつきあいしています。

私に顔をそむける人にお会いしたときも、「Aさん、お久しぶりですね、お元気ですか?」と笑顔で照子から言葉を交わしています。

相手の方も思わず笑顔になって答えています。見ると相手の方は、まるで狐《きつね》につままれたような顔つきです。

照子にとっては誰でもみんないい人であり、心優しい人ばかりで、会いたくもない嫌な人ではないのです。

私はそれを見て、これはすべて相手が悪いのではなく、自分に何かが欠けているのだと気がつきました。

心持ちひとつで、相手がよくないと決めつけていた。私の気持ちが、「会いたくないな、嫌だな」という思いの源でした。

最近ではどんな人であれ、「いい人と出会った」と思うようにして努めて笑顔で挨拶をするようにしています。そうしていたら、楽に過ごせるようになりました。

照子の強さ

照子は3年ほど前からめまいがあり、頭痛もあり、また体がだるく夜もよく寝られないということで病院通いをしています。

病院での検査によると、コレステロール値が高いということで、栄養士さんと相談をしながら食事制限を始めました。

また先生から薬をいただいて以来ずっと通っているのですが、不調はなかなか回復しません。最近は手にしびれがくるようにもなりました。

先生に相談すると、骨の異常があるかもしれないということで、リハビリ病院を紹介してくださいました。

診《み》てもらうと、脊椎《せきつい》に異常が見つかり、筋肉が骨化する後縦靭帯骨化症《こうじゅうじんたいこつかしょう》という難病です、と宣告されました。

同行した私はショックを隠せませんでした。

2人にとって、これから長い治療生活が始まるのです。よほど覚悟しなければならない、と重い鉛《なまり》を抱えたような気持ちになりました。

数日が過ぎ照子と話をしたときに、意外な言葉を聞いて大変驚きました。

4~5年ほど前、妻の妹が、ちょっとしたことがきっかけで、脊椎等の複雑骨折になり闘病生活を送ることになりました。

それ以来、妹は手足を少し動かすだけでも激痛に襲われるという、大変な毎日を送っていました。

6人きょうだいの末に生まれた妹が、北海道で家業の跡を継《つ》いで苦労を重ねてきたことに、照子は大変心を痛めていました。

苦労の末に、痛みに耐えながらの生活を送っている妹が、照子は可哀相《かわいそう》で可哀相でしかたがなかったのです。

照子は、そんな妹の惨状《さんじょう》に対して、

「私のほうは、日常生活はどうにか動くことができている。妹があんなに苦しい思いをしているのに、私は動けて本当に申し訳ない」

と思っていたのです。

だから照子は、難病と言われてこの先どうなるかわからない状態となったことを知ったとき、

「妹にだけ苦労させるのではなく、私も同じようになった。ショックを受けるなんてもってのほか。これでいいのだ」

と思った、と言うのです。

私はこれを聞いて大変驚きました。それまで考えたこともないことです。

私もきょうだいがたくさんいますが、きょうだいに対してこんな気持ちがあることを初めて知り、はっと我にかえりました。

ショックよりも、これでいいと思ったと言う照子の顔は、涙でいっぱい、しかしそれは清々《すがすが》しい涙でした。

人間としての、本当の思いやりと、持つべき心の世界を照子から教えられました。

照子の病状は、脊髄《せいずい》の異常と、両手首の骨、神経の異常からしびれがきているとのことでした。その療養として、当分の間、手首を安静にしているようにと医者から指示がありました。

私は、今こそ照子を助ける、その時だと思いました。

病気になってすら、これでよかったと言う健気《けなげ》な照子。私が歯を食いしばってがんばっていたとき、あまりの試練にくじけそうになったとき、いつもそっと横で生き方を指し示してくれた照子。

これまでずっと、営業マンとしての私を少しの不満も漏《も》らさず、支え続けてくれました。今度は私が支える番です。

まず始めたのが、食事のあとの洗い物です。

たかが食器洗いと思っていましたが、1日3度、鍋《なべ》を洗い、食器を洗い、2人だけなのに食器の数がこんなに多いのかと、初めに驚きました。と同時に大変な作業であることに今さらながらに気がつきました。

決して丈夫とは言えなかった体なのに、4人の子どもを育てながら、書道で100人を超える生徒を指導し、そして、掃除、洗濯、食事の用意、山のようにある食器洗いなど、すべてをしてきたのです。

たった2人だけの食器を目の前にしながら、私は初めてそのことに気づいたのです。何も知らずに過ごしてきた自分が情けなくなりました。

これからの人生は、妻への恩返しをしなければならないと思っています。

書道の教師としての顔

照子の前進

アパートで暮らしていた頃、なんとか人並みの生活ができるようになり、子どもたちの健康への道筋も見えてきた中で照子はある日、こんなことを言い出しました。

「私は1度死んだも同然の人間です。もしこの先も命を神様が長らえてくれるのならば、何か人のため、社会のためになることをしたいのです」

そしてこう続けます。

「お父さん、私に書道を習わせてください。お願いします」

もちろん私は照子の願いに異存はありません。

こうして照子は、通信教育で書道を習い始めました。好きなことを始めて毎日の生活に張り合いも出てきたのでしょう。照子は奇跡的に健康と人並みの体力を取り戻し、それに伴い書道の腕も上げていきました。

地道な努力を積み重ね、ついに師範《しはん》までいただきました。

照子の向上心は、さらに続きます。

大阪の名のある先生に指導を受け、本格的な師範となっていきました。

そして1975(昭和50)年、いよいよ照子は長年の夢だった、地域の子どもたちに書道を教える教室を始めることになりました。

照子の人柄に惹《ひ》かれて生徒が集まり、気がつけば3か所で教室を開くまでになっていき、生徒総数は500人を超えました。

京都市内の大ホールを借りて総会を開いたときには、保護者も合わせて1、000人近い人が会場に集まりました。

あのか弱かった照子が、こんな偉業を成すとは初めの頃は夢にも思っていませんでした。照子は偉大な人間と言えるかもしれません。すべてみなさまのおかげです。

「かおるスタディ」開講

1974（昭和49）年3月、株式会社ほるぷに入社して丸2年がたちました。

店内の廊下を歩いていると、当時出入りしていた京都・四条烏丸にある三井銀行（現三井住友銀行）の融資係の方が私を呼び止めました。

「林さん家を買われるときは言うてください。力になります」

もう少し先のことと思っていましたが、その言葉がきっかけとなり、夢に描いていたマイホームを購入することになりました。

小さな一戸建てですが、足を踏み入れたときの喜びは、家族みんなが天にも昇るようで、まるで夢の中にいるようでした。

子どもたちは畳の上で転《ころ》がったり、柱を触ってみたり、風呂をのぞいてみたり、それはそれはとても幸せそうでした。

照子にとっても、子どもたちの喜びが自分の喜びですので、これに勝る幸せはないと思えました。

京都に出てきて足かけ3年、私の仕事も軌道に乗り、絶望から抜け出して、将来への明かりが見えてきた安堵感があったと思います。

照子は、自分の体が少しずつ快方に向かっていることもあり、大きな夢を膨《ふく》らませていたと思います。

1974（昭和49）年4月1日京都・山科に初めて林の表札がかかりました。

そしてこの年11月、自分の子ども4人と、近所の子ども2～3人で書道教室がスタートしました。

1975（昭和50）年、近くに居を移し、「書道教室かおるスタディ」として、本格的に教室を始めました。

2、3年のうちに照子の評判は広まり、広告を1度も打たずに100名を超す生徒が押し寄せました。

照子は常に、京都のみなさんのおかげでここまで来させていただくことができた、という感謝の気持ちと、その恩返しで指導してきました。

照子の、人を愛し、人を大切にする、その心が伝わっていったものと思われます。

生徒に対する底なしの愛

2003（平成15）年頃、書道の生徒の中に甲子園をめざす野球少年が3人いました。その生徒たちは集中力があり、3人ともいい字を書いたと言います。

いつもお互いを認め合い、高め合う、いい仲間だったと言います。

ある日、3人のうちのK君が、教室のドアを開けるなり、挨拶もなくカバンを投げ、荒々しく入ってきました。

静かに勉強している生徒たちは、急に大きな音がして教室の空気が乱れ、びっくりしています。

指導にあたっていた照子は、家で何かあったに違いない、とすぐさま感じました。

K君に近寄って、

「よく来たね」

と静かにねぎらいました。

K君は、まだ気持ちが落ち着かない様子です。照子はそんなK君の気持ちを察して、こう言いました。

「K君、今日はね、1枚だけでいい。1枚だけ真剣に書いてね、それで今日は終わりにしよう」

K君はぶつぶつ言いながらも、1枚を書きました。

きれいに書けていたので、照子は、

「K君すごいじゃない。すごいねえ、本当に上手に書けているね。これだけよく書けたら、もう1枚書いてみようか」

気をよくしたK君は、もう1枚書きました。またよく書けました。

照子は再度それをほめます。K君は、次の半紙に向かいます。もう最初の苛立《いらだ》ちは消えています。1枚1枚、自分の書く文字に真剣に向き合っています。

そうこうしている間に、結局1時間近くK君は書き続けました。

そして最後は、晴れやかなよい表情になって帰っていきました。K君の顔は、来たときと帰るときでは、天と地ほど差がありました。

生徒が苛立って教室にやって来たその様子を、もし叱責《しっせき》するところから始まっていたなら、この日はそれこそ1枚も書けなかったかもしれません。

しかし照子は、生徒の心情を慮《おもんぱか》って、どうしたらこの教室にせっかく来てくれたその大切な時間を、K君のための時間にできるか、を考えたのです。

もっと言えば、生徒に対する底なしの愛です。

その思いが、K君のこわばっていた気持ちを和《やわ》らげ、いつもの素直なK君に立ち返らせ、そして己に対する自信を取り戻させて、帰途に着かせることができたのです。

その後、3人の野球少年は、1人は甲子園の土を踏みました。1人は野球の名門校である明徳義塾に進み、やがて大学野球でも活躍しました。

K君は、地元で高校教師になりその後、野球部の顧問として活躍しています。

Mちゃん

ある日、小学1年生のMちゃんが、目にいっぱい涙をためて教室に入ってきました。

何かがあって気が乗らなかったのではないかと思います。半《なか》ばふてくされたその態度を見ると、本当は教室には来たくなかったのでしょう。親に休んではいけないとたしなめられ、しぶしぶやって来たという感じです。

ドアの外を見ると、親が教室の前まで送ってきたのでしょう。Mちゃんの父親が、教室の中に我が子が入っていくかを心配そうに見つめています。

今にも泣き出しかねないMちゃんに照子は、何も気がつかないふりをして駆け寄りました。

「Mちゃんよく来たね」

と言い、背中を抱くようにして、

「先生待ってたんよ」

と嬉しそうに言いながら席に座らせました。

「Mちゃん、今日は疲れているようだから、3枚だけ書いて終わりにしようか。その代わり真剣に、きれいに書いてみよう」

書き出すまでの準備をして、照子は先生の席へと戻りました。

始めは集中できずにもじもじしていたMちゃんでしたが、だんだんと気持ちの整理がついてきた様子で、しだいに背筋がピンとしてきます。

ほどなくして、3枚の書を照子の席に持ってきました。一生懸命に書いてきたMちゃんに対して、

「Mちゃん、きれいに書けていますよ。すごいね。この部分は最高、ここのハネのところだけ気をつけたら、もっといい字になると先生は思うな」

と言い、

「もう2枚だけ書いてみる？」

と尋ねました。

ほめられたMちゃんは、機嫌が徐々に戻り、その後もがんばって書き続けました。

もうその目の涙はすっかり乾《かわ》いて、瞳《ひとみ》に力が戻っています。

結局いつもと同じように課題を最後まで仕上げ、教室のルールである正座で両手をついて「さようなら」の挨拶をして、笑顔いっぱいで帰っていきました。

照子の、子どもたちの心情を察する能力は人一倍、と私はいつも思います。どんな声をかけてあげたら気持ちを落ち着けられるか、いつもの集中を取り戻すことができるか、を考え愛情を持って接してあげるその姿を何度も見てきました。

そうした愛情が、子どもたちの自信を持つ力になり、持ち前の能力をさらに高め、そして書道だけではない、人生の歩み方につなげていかれるのだと思います。

これはひとえに照子の人間性からくるもので、いつもながらすごいと思います。

ちなみに現在Mちゃんは立派な母親になり、その子どもさんが教室に通っています。

「我が子のように生徒を愛しなさい」

山科《やましな》・百々町《どどちょう》の書道の教室でのこと。

それまで熱心に通っていた生徒のTさんが成長して、いよいよ滋賀県で自分の教室を開講することになりました。

先生となる本人は、嬉《うれ》しい反面、初めてのことに、開講の日が近づくにつれて不安な気持ちが募《つの》ってきたようです。あるとき、

「先生、私のような者でも大丈夫でしょうか？　どうしたらいい指導ができるでしょうか」

と尋ねてきました。

そのとき、照子はこう答えました。

「Tさん、大丈夫。生徒を愛すればいいの。我が子のように大好きになればいいのよ。それだけよ」

照子らしい答えです。

生徒を「愛で指導」してきたことは、照子は日本一と言えると思います。そばで見ていた私が言うのだから間違いありません。

指導法のスキルうんぬんや注意事項の話ではなく、一番肝要なところを伝えた照子に改めて敬服しました。

それこそが、書道という「道」だと思います。

生徒にやる気を起こす

山科・西野山《にしのやま》の旧家の多い地域から、3人の生徒が教室に通っていました。5年生、3年生、2年生の女の子です。

2年生の女の子のお母さんが、5年生のSちゃんに「Sちゃん、うちの子一緒に頼みますね」とまだ小さい我が子を支えてほしいと、いつも言葉をかけていました。

しかし5年生のSちゃんは快活《かいかつ》なてきぱきした子ですので、そのおっとりした2年生の子が、半ばうっとうしいようです。

世話をするでもなく、下級生たちが寄ってきても、どちらかというとつっけんどんな態度です。

その様子を見抜いた照子は、Sちゃんに、こう声をかけました。

「Sちゃん、いつも小さい子をよく面倒見てくれてありがとうね。Sちゃんがいるから、小さい下級生たちはみな助かっているのよ。本当にありがとう」

面倒見よく世話をしているわけではないSちゃんに、そんなことを言うなんて、と初めは不思議な思いで見ておりました。

照子は、折に触れ、いつもSちゃんにそう言葉をかけています。

するとどうでしょう。Sちゃんはいつしか、教室に来るときも帰るときも、2年生のその子と手をつないで嬉しそうに通うようになりました。

これを目の当《まあ》たりにして、私は照子に脱帽しました。

もう1人、3年生の生徒さんは、お母さんが若くして亡くなりました。

私もよく知っている人ですが、残されたその幼い生徒さんがかわいそうで、見るのも辛《つら》い状況でした。

それでもがんばって書道教室に通って来るその子に、照子は、

「よくがんばるね、A子ちゃん。先生はいつもA子ちゃんの味方よ、先生がついているからね」

そう言って、いつも励ましていました。

その生徒も、年数が過ぎていつしか社会人になりましたが、今でも照子を親のように慕《した》ってきます。

照子の励まし

ある女子生徒が、学校のクラブ活動を終えたあと、疲れ切って教室にやって来ました。あまりにくたくただったのでしょう。その生徒は、形相が変わるほどでした。

その姿を見た照子が、

「がんばって来てくれたね」

と嬉しそうに言葉をかけました。聞くと試験中だそうで、時間のない中、休まず教室に来てくれたというのです。

そのとき、照子がかけた言葉は、

「K子さん！　教室に来るときは休憩《きゅうけい》に来ると思って来てくださいな。学校でがんばってきて、書道でがんばって、またこれから家で試験勉強しなくてはなりませんよね。そうではなくて、書道は休憩、気分転換と考えて来てくれていいのですよ。ゆっくりやりましょうね」

とても優しい顔で言う照子に、生徒の顔がほっこりとした柔和な顔になり、「はい」と素直な返事が聞こえました。その生徒は、ほっとしたのでしょう。なんだか幸せそうでした。

この声かけのしかたは、とても印象的でした。

張りつめた緊張が続くよりも、気分を変える、と考えたほうが逆に集中力が増すことを照子は知っていたのです。

その後、その生徒は気のせいか、明るい顔で教室にやって来るように思えました。

我が薫《かおる》会の生徒は、一流校に進学する子が多いのですが、そうした切り替えが上手なのかもしれません。それを照子がうまく誘っているのではないでしょうか。

照子のような先生になりたい

ある日、照子の教える書道の教室に私も入りました。その日は小・中学生が10名ほど来ていましたが、みな時間があるということで、生徒たちと私は話し合う時間を設けました。

話の流れから、将来何になりたいか聞きました。

1人の中学生の女の子が、警察官になって悪い人を捕まえて社会のために役立ちたいと言いました。

ほかの小学生の女の子の1人が、看護師になって病気で困っている人を助ける仕事がしたいと言いました。

ほかの人はどうですか？　と聞くと、8人ほどの子どもがみんな、書道の先生になりたいと言いました。

「どうして？」

と尋ねると、林先生のように大勢の子どもに書道を教えてみんなの味方になって子どもたちを助けてあげたい、というのです。

中学生の生徒に聞くと、こんなことを話してくれました。

――以前、照子先生が、学校でいじめにあって、泣いていた子どもに、「学校の先生に伝えましたか、お母さんに相談するのよ」

と言ったあとに、林先生は立ち上がって、

「わかりました、先生が助けてあげましょう。先生は強いのよ」

と言ったのです。そして教室で筆を持っている生徒全員に向かって、

「みなさん、先生の生徒がいじめられていたら、みんなで助けてあげてね。そんなことするんじゃないと言ってあげてね。頼みますよ」

大きな子たちも含めて全員が、「ハイ」と返事をしていました。

いじめを受けていた、可愛らしいその小さな子どもは嬉しそうに、にっこりと笑いました。

そのときの先生の姿を見て、私も絶対に先生のような書道の先生になって子どもたちを助けてあげたいと思いました――。

私はその言葉を聞いたとき全身に鳥肌が立ちました。そして、嬉しくて涙があふれてきました。

その後いじめは止まり、元の元気な生徒に戻ったと聞いています。

いつまでも先生

照子が教室の前の歩道を掃除していたときのことです。

自転車で走ってきた娘さんが、照子の前で自転車を停めて降りました。そして、

「先生お久し振りでございます」

と声をかけてきました。

見ると知らない顔です。照子が戸惑っていると、

「先生、理子です」

と言ったとたんに照子の脳裏に、まだ小さかった理子ちゃんの顔が思い浮かびまし

た。

「理子ちゃん？」

7～8年前、小学1年生から3年間、書道を教えた生徒でした。

照子は齢《よわい》を重ねていましたので、教室を娘に譲っていました。ですから、教室に入ることはほとんどなくなっていました。

照子が一線を退いたあとは、生徒さん方に会うこともなくなっていました。

聞くと高校生になったという理子さん。

立派な娘さんになっているので、とっさにわからなかった照子でしたが、名前を聞いて当時のことがよみがえり、2人で手を握り合って喜んだと言います。

「先生、お元気ですか？　今日は先生に会えて本当によかった、嬉しい！　どうぞお身体を大事にしてください」

そんな言葉をかけられた照子は、人を気遣《きづか》う言葉が言えるまでに成長したことに感極まったと言います。

こんな生徒さんが照子にはたくさんいます。教室にはもう通うことがなくなっていても、時間がたっていても、いつでも先生と呼んで慕ってくださる。

照子はこのことをいつも、何よりも喜んでいます。

照子が生徒たちを愛した分、照子もまた生徒さん方に愛されているのだと思います。

照子の深い思いやり

京都市営地下鉄の車内でのことです。

私は歩き疲れていたので、できれば座りたい気分でした。照子も同じだと思いました。

見ると何人かの学生さんが座って目を閉じています。立っている年輩の方も近くにいるのだから席を譲るべきではないかと少しばかり苛立《いらだ》ち、また残念な気分になり、帰途に着きました。

その日は、照子の書道教室の日でした。

私も教室に入りましたが、外がすっかり暗くなった頃のことです。1人の生徒が疲れきった顔で駆け込むように教室に入ってきました。

照子は優しくねぎらいながら、

「よくがんばってきたね、クラブ活動の疲れもあるから、ゆっくり書きましょうね」

とその生徒に声をかけました。

「はい」

しばらくしてから、照子とその生徒の会話が聞こえてきました。どうも電車の中の話のようでした。

「学校帰りの電車の中で、疲れてどうしようもないときは、心の中で、ごめんなさい、すみません、と言いながら座らせていただいていればいいのよ。そして次のときに席を譲ればいいの」

生徒は安心したような笑みを浮かべながら、「はい」とうなずいていました。

私は、席を譲らない若い人を見て「今の若いものは、なってない」と決めつけていました。

しかし照子は違いました。

たとえ若者が年配者を前に席に座っていたとしても、もしかすると何か理由があるのかもしれない、見た目ではわからない病や、何かの事情を抱えているかもしれない、そんな思いやりのある考え方を持つことも大切なのだと気づかされました。

そういうことを心得ていれば、己の気分を害することもありません。

そうしたうえで、席を譲ってくださる方があったときに、素直に心からの感謝を伝えて座らせていただけば、なお感謝もひとしおなのだと思います。

照子と生徒の深い絆《きずな》

私は照子との意見の衝突はほとんどありませんが、気遣うあまりにややきつい言葉になることがありました。

それは、考え方の違いと言えばそうかもしれませんが、あるときこんなことがありました。

私たち薫会書道会の決まりとして、教室の時間が午後1時から午後9時までと決めています。

生徒にとっては、夜9時に終わるためには、8時までに教室に入らないと、1時間の勉強はできないことになります。

照子は夜9時まで教室で指導して、そのあと片づけ、整理を済ませ部屋に戻ると9時半頃になります。

そのような日課で、出張での教室を含め、週5日ほどの教室を開催していますが、私が会社から帰って9時半になっても照子は自分の部屋に戻らず、10時過ぎに自宅の階段を這《は》うように上がって、やっとの思いで部屋に帰ることがあるのです。

疲れ果て、階段の下で、身動きのできない状態に出くわすこともありました。

そんなとき照子に「9時に終わるようになぜしないのか、9時に終われば9時過ぎには部屋に戻れるはずだ」と迫ったことがあります。

すると照子は、

「8時半や9時近くにやって来る生徒に、9時で終わりです、帰ってくださいい、とは言えません。生徒は必死な思いでやって来るのですよ。決まりは決まりですけれど、これだけは私の好きなようにさせてください」

と言うのです。それを聞いて私は、

「先生が決まりを守れば、生徒も決まりを守るようになる」

と言いました。しかし首を縦に振ってはくれません。

このような意見のくい違いから、声も大きくなり、火花を散らすことがありました。

それにしても、昼の1時から夜の9時と言えば、丸8時間、休憩なしの教室です。手伝ってくれる弟子がいたとしても、気を抜くことのできない真剣勝負の時間です。

正直なところ私は、照子の体を案じて、いたたまれない苦しい心境でした。しかし照子は、何を言っても自分の流儀を曲げてはくれませんでした。

照子にとっては体力的に酷《こく》ではあったと思うのですが、弟子たちに会える喜びと、書を愛する心に支えられ、彼女はまさに気力で乗り切っていました。

ある日、私は会社を早く引きあげ、夜7時頃に帰宅することがありました。照子が教室に入る前につくってくれている夕食を済ませ8時過ぎ、久しぶりに教室の見学に入りました。15、6人の生徒がまだ熱心に勉強していました。

9時も近くなった頃でしょうか。玄関のドアが開いて1人の生徒が息急《せ》き切って飛び込んできました。

「先生、遅くなって、すみません。今からでもいいでしょうか」

見れば息もできないほど走ってきたのでしょう。肩を揺らせながら、顔は汗でぐしゃぐしゃにして、不安そうな表情です。

照子は即座に自分の席を立って、その生徒のそばに駆けるように行きました。

「真由ちゃん、よく来てくれたね。いいのよ」

抱きかかえるように迎えているのです。

「お腹《なか》は空《す》いてない？　大丈夫？」

「大丈夫です」

生徒の顔は、いつしか満面の笑みです。がんばって来てよかったとばかりに、深い喜びに満ちた幸せそうな顔をしています。

私はこの2人の光景に出合ったとき、感動のあまり全身に鳥肌が立ちました。

その日まで、自分の考えが正しいと思い込んで、声を荒立てる日もありましたが、照子と生徒の深い愛のつながりを見て、私のほうが間違っていたと気がついたのです。

人によって指導はいろいろでしょうが、照子の流儀はそれでいいと心底思えたのです。

その後、私は照子にそのときの感動を素直に伝え、心から詫《わ》びました。

しばらくたったある日、照子と街へ出ようと近くの小学校の前を歩いたときのことです。あちらこちらから、

「先生、先生」

の声が聞こえてきます。

どこから聞こえてくるのだろう？　と見渡すと、学校のほうからです。

声のするほうに目をやると、校舎の2階の窓、3階の窓、4階の窓のあちらこちらから、手を振りながら「先生、先生」と生徒たちが大声を上げているのです。ちょうど放課後の時間なのか、最初に誰が気づいたのかわかりませんが、照子に気づいてもらおうと、みんな一生懸命に手を振っています。

照子は、手を振って返していましたが、その窓の光景や、その生徒たちの姿は、まさに映画のワンシーンでも見ているかのようでした。

感動と共に妻がこれほど生徒たちに慕われているかと思うと、私は嬉しくまた誇らしく思いました。

先日、照子の書道教室を引き継いで教えている娘が言っていましたが、生徒たちが、照子の話題になると今でも涙を流すそうです。

照子は生徒たちにとって、伝説の先生と言えるのかもしれません。

ご奉仕

ある日、老人福祉センターから連絡があり、照子に書道教室を老人ホームで開いてもらえないだろうか、という相談がありました。

「ご奉仕でしたら、させていただきます」

照子は快諾し、それから約20年間、欠かすことなく書道を教えに通いました。

お年寄りのみなさんも、照子が来るのを心待ちにしているようです。

書道を教えに行くのですが、それにとどまらないのが照子です。

老人ホームには様々な境遇のお年寄りがおられます。１００歳にもなる人、ベッドから体を起こせない人、声を上げて苦しそうにしている人。そういう方々を見るにつれ、照子はいたたまれなくなり、手を握って話しかけるのだと言います。

すると、そのお年寄りは、涙を流して「先生、先生」と喜んでくださるのだそうです。

そのように、老人ホームへ行ったときは必ず入居者様の手を握って帰ることが習慣になっていました。

ホームに行くと、自分の非力さをいつも感じるようで、必ず目をまっ赤にして帰ってきます。

手を握り、背中をさすり、話を聞いてあげる。照子の姿がここにもあります。

家族との日々

照子の苦労

私の父親は、１９５１（昭和26）年に当時の首相、吉田茂から直接公認証書をいただき、名古屋市議会議員に初当選しました。

そして戦災で焦土と化した名古屋の街の復興と、消滅した名古屋城の再建に尽力していました。当時、名古屋城の再建は市民の夢でした。

父は、名古屋城の建設委員長を始め、名古屋市の監査委員を長年務め、当時名古屋では「名古屋市　林實」だけで手紙が届くと言われていたほどです。

家はいつも、父に面会したい客が押し寄せ、人であふれていました。

私はその当時、父の代理など手足のように手伝いをしていましたので、家を守る照子は、いつも目が回るようでした。

照子は、私の見ていないところで、父だけではなく私のきょうだいの1人からもきつく当たられていました。

私たちを疎《うと》ましく思っていたのでしょうか、父や女性を後ろ盾にして、私や妻のすることにことごとく反発し、高所から言葉を吐《は》くようになっていました。

想像ではありますが、父の跡を自分が継ぎたいと考え、そのつもりになってしまったのではないかと思われます。もともと悪い人間ではありませんが、当時の取り巻く環境が、そうさせてしまったのかもしれません。

もちろん、きょうだいたちの中には、私たち夫婦を理解し、擁護《ようご》をしてくれていた者もいましたが、当時はどうすることもできないのが現実でした。

私はよく、人に、先生になれば先生代を社長になれば社長代を払わなければならないと言っていましたが、私は兄として兄貴代、長男として長男らしい長男代が払えていなかったのかもしれないとも思っています。

いずれにしても、そうした空気の張りつめた中にいつもいた照子は、細やかに気を遣《つか》うことが多くて、私の未熟さから大変な苦労をかけたなと思います。

照子の器

京都にやって来て、幾年月が過ぎました。

私が本の営業の仕事で成功を収めるようになった頃、私を慕って京都までやって来る人が出てきて、その数がしだいに多くなりました。

名古屋の父たちからの、私や照子への仕打ちをきっかけに実家を去った私は、訪ねてくる人たちを、初めはなかなか素直に受け入れることができませんでした。

しかし照子は、過去のことにはいっさい触れずに、何事もなかったかのように彼らを迎え、快く受け入れ、そして大切に接してくれました。

その姿を見て私は、初めのうちは、何もそこまでする必要はないと思っていました。私の心の中には、以前のわだかまりがまだ消えずに残っていたのです。

しかし照子の、寛容で広い心を感じるにつれ、自分自身のそうした凍《こお》りついていた気持ちも次第に溶《と》けてゆきました。そしていつの間にか私自身もまた、名古屋の父たちを心よく受け入れる気持ちになっていったのです。

不思議なのですが、無理にそうしたというのではなく、自然とそうなっていったのです。照子の心持ちが、私にも伝わってきたのだと思います。

こうしてみると、照子は人として器の大きな人間なのだと思います。どんな人をも、愛情を持って包むことができる。私のほうがその点はまだまだでした。ですが、照子が妻だったことが、私を救ってくれました。

わだかまりの募っていた父とは、その後、和解し晩年の父は、私に会いに京都に何度も足を運ぶようになりました。

父は、共に名古屋で暮らしていた私のきょうだいとも折り合いが悪くなってきていたのでしょうか。あるとき、できることなら私たちと一緒に暮らしたいと言い出しました。

この父の言葉に、私はすんなり「はい」と言えずにいました。

若い頃、共に暮らしていたときの、長男として厳しくあたられていたことや、痛い目にあわされたことが、脳裏《のうり》をよぎったのです。

「会いたくなったら、いつでも遠慮なく来てください」

「何度でもいいから来てください」

そんな言葉が精一杯でした。

しかし照子は、頼って私の家に泊まりに来てくれる父に対して、背中をさすったり、髪《かみ》をくしでといたりと、かいがいしく世話をしてくれました。そして好きなとんかつやウナギを用意して、喜んでもらえるようにといつも気遣いを怠りませんでした。

過去にどんなことがあったとしても、そのように尽くせる照子に頭が下がります。

父の詫《わ》び

父たちとの確執《かくしつ》は、複雑にこんがらかっていましたから、そう簡単に仲直りができたわけではありませんでした。

それを間に入って少しずつ解いてくれたのが照子でした。

私はかいがいしく父の世話をする照子の姿に、満更でもない思いを抱いていました。

しかし献身的に我が父に接する照子とは裏腹に、私たちをいられなくした人たちは、いったい何をしているのかと考えると、怒りが込み上げて息苦しくなる自分がいました。どうも父を大切にしてあげていないようなのです。

照子はそれに気がつき、しかし気づいていないふりをして、いっそう父を大切にするのでした。

そうするうちに父もまた、人に対する労《いた》わりや優しさの気持ちが芽生《めば》えていったようです。

照子は、私たち父子の運命をも変えてしまったのです。

いつしか、父の気持ちは安らぎ、またわだかまりを持っていた私の心も和《やわ》らぎ、いつしか私自身が父に対して穏やかに接することができるようになっていました。

そんなある日、父がこんなことを私に向かって言いました。

「君たちには悪いことをした」

それは詫びるような口ぶりでした。まさか父からそんな言葉を聞くとは思ってもみなかったので、動揺し、

「とんでもない、そんなことは言わないでください」

と慌《あわ》ててなだめたことがあります。

その日から、私と父は心底から和解し、お互いに心から理解し合い、幸せに満ちた形で父の晩年を過ごしました。

そうした穏やかな日々のうちに、父を見送ることができました。父は晩年、よく、

「死んだあとも、京都のことは守るからな」

と口にしていました。きっと今も空から見守ってくれているに違いありません。

父亡きあと、父にすり寄っていた一部の人は、信頼を失っていますので、滑り落ちるように衰退の道をたどることになりました。

私は予感がして、この日が来ることを恐れていました。道を間違えると必ず崩壊する、これは天地の法則だと思っていました。

あとで後悔しても決して元には戻らないのです。

それより、なんの落ち度もない、純粋に力添えくださっていた大勢の方々に、ご迷惑をかけているのではないかと思うと申し訳なく、身を切られる思いがいたします。

私も、いつも心で詫びています。

父と私

父に対する、私の若い頃の憎しみが消えるまでには、長い時間を要しました。

ですが、親子は切っても切れない縁。親を思わない子はいないのです。

私が名古屋で父の仕事を手伝っていた頃の、父が体を張って人のため、世のために尽くしてきた姿は、私たちの目に心に焼きついています。私のきょうだいたちも同じです。

どんなときも情熱を持って、身を粉《こ》にして働く姿は、私の心の中のお手本でした。その背中を追いかけ続けて来たのが、私の人生だったと思います。だからこそ、どんな大きな壁《かべ》にぶつかっても、動じることなく乗り越えられたのではないかと思います。

その父の功績は、私たちにとっての誇りであり、父は心の底から尊敬する人物なのです。

今日の私があるのは、紛れもなく父のおかげです。

いろいろとありましたが、どれもこれも未熟だった私たちへの教えであり、天が救ってくださり、父が救ってくださったと思っています。

照子がある日、

「あなたはお父様にそっくりよ」

と言ったことがあります、どこがと問うたら、微笑みながら照子は、

「全部」

と答えました。

「それでいいではありませんか。父子ですから」

と満足そうに言います。

照子が、私の心に刺《さ》さる小さなとげの数々を身をもって1つひとつ取り除いてくれたことは、感謝以外のなにものでもありません。

たった1つだけ後悔していることは、あのとき、

「お父さん、京都で一緒に暮らしましょう」

と、なぜ言えなかったかということです。

のど元まで出ていても、声にすることができませんでした。その勇気がなかったのです。今でも悔いています。

私は今、心の中でことあるごとにこう唱《とな》えています。

「お父さん、ありがとうございます。お父さんのおかげで、今の私たちがあります」

「お父様、ごめんなさい」

じつは、照子は過去に、たった1度だけ、厳格な父に意見をしたことがあります。名古屋で一緒に暮らしていた当時のことです。

父は日頃から、思ったことを胸に治めることをしない性格で、乱暴な言葉が、所構わず飛び出してくることがありました。

母が亡くなったあと、下の中学生の弟2人がちょうど反抗期でもあったためか、親を困らす出来事が多かったことがありました。

たしかに私の目から見ても、その頃の弟たちの学校内外での出来事は、目に余るものがありました。おそらく母が亡くなり、やりきれない寂しさの行き場を求めていたのかもしれません。

そうした弟2人に対して父は、

「母が亡くなったのは君たちのせいだ」

と、2度や3度ならず、また本人たちのいるいないにかかわらず、ことあるごとに口にしていました。

その言葉を聞くたびに照子は、身を切られるように辛く、2人が可愛相《かわいそう》でならなかったと言います。

弟たち2人は、実際はそんな子ではなく、情の厚い、心優しいところのある子どもたちです。

しかし、寂しさが募り、いろいろな行動に現れていたのだと思います。

そんなある日、父が照子を部屋に呼び出しました。

父の顔が引きつっていたので、また何か叱《しか》られるかと思った照子でしたが、照子はそこで私の父に対してこんなことを言いました。

「お父様に、1つだけお願いがありますが言ってもよろしいでしょうか」

父は憮然《ぶぜん》として、

「なんだ」

と声を荒げます。

照子はひるまず、こう続けました。

「これから薫さんの弟お2人に、お母さんを死なせたようなものだ、とは絶対に言わないでください。2人はそんな子ではありません」

毅然《きぜん》とした態度でした。

父が何を言おうとして照子を部屋に呼んだのかわかりませんが、突然の言葉に絶句して、

「今日はもういい」

と言って、照子を部屋から返したと言います。

照子の性格からして、あの父に意見などは言えるものではないのですが、よほど中学生の弟2人が可哀相でならなかったのでしょう。きっとずっと胸を痛めていたのだと思います。たまりかねて進言したのだと思います。

そのことがあったあと、父の口から、弟たちをののしるような言葉はいっさい聞かれなくなりました。

当時の照子に対する父の態度は、それまで以上に厳しくなったのですが、それよりも、そのことがきっかけで、2人の弟は人が変わったように更生し、問題行動が少な

くなっていったことは事実です。

その後、年月が過ぎ、弟の1人は、名古屋で会社を興《おこ》し、今では社員50名ほどの会社になっているのですが、先日ある方から嬉しい話を耳にしました。

町内会連合会の席で、以前はこの地域に遊びほうけている若い者が多くいて環境が悪く困りはて、町内会でもどうしたらよいか困惑していた。しかし今は1人もいない。どこへ行ったかと思ったら、みんな林さんの弟さんの会社で働いている、と。

「林さんのおかげだ、林さんのおかげだ」

と会長さん方の口々に出ていましたよ、と連合会の会長さんが、私の身内に伝えてくださったのです。

弟は、どこの会社も使ってくれないような人間でも雇い入れ、話を聞いたり理解を示したりしながら、育てていたのです。

家族からも感謝され、町からも感謝され、大きく社会に貢献していたのです。

その話を聞いて感動した私はさっそく照子に伝えました。

照子は、

「あの人は心優しい方なの。そういう人なの。よかった本当によかった。お父さん、お母さんも喜んでおられると思います」

と声をあげて泣きました。

先日、その弟が、姉妹たちと一緒に京都まで来てくれましたが、照子は立派になった弟に、久しぶりに会いました。

このときの幸せそうな照子の顔は、近来見たことがないほどでした。

長男の嫁としてなのか、親が立派になった子に会うような、本当に幸せそうな顔をしていました。あのときの照子の表情は一生忘れません。

長男の勇気に涙

照子の喜ぶことと言えば、私の両親や妻の親もそうでしたが、人に尽くしたり、人の喜ぶ姿を見ることです。

格好のいいことを言うようですが、照子はそういう女性です。私はどうかと言えば真逆で、我が身、我がことが可愛《かわい》く、身勝手なところがあります。それに頑固で、負けん気が強い、どうにも取り柄《とえ》のない人間です。

照子はその性格をよく知っていますので、

「そうです、そうです、あなたの言う通りです」

と言いながら、手の平に私を載せて、ふわふわと私を上手にリードしていたのです。

山科の地に越して来て30数年、いろいろあった中で、ありがたいことに4人の子どもも1人ひとりが、照子を喜ばせ、号泣させるような出来事が、それぞれにありました。

1人ひとり、その話を紹介するのは、またの機会にするとして、長男の話を1つだけご紹介します。

近所にCさんというとても仲のいいご夫婦がいました。そのお宅には、中学生の男の子が2人います。

ある日、そのご夫婦が私の家に訪ねてこられ、子ども2人がとてもやんちゃで手がつけられないので困っていると相談に来ました。

後日、Cさんのお宅を訪問し、家に入るや仰天しました。壁には足でけった傷があり、柱には物をぶつけた跡があります。障子は破れたまま、子どもさんがいかに乱暴な子であるかがうかがえます。

役所に相談の窓口へ行かれたらと勧めたところ、

「そんなことをしたら子どもから何をされるかわからないので、とりあえず林さん、なんとかお願いします」

と頭を下げられます。

その後、そのご家庭の2人の子どもさんに会いました。ところが、信じられないようなとてもいい子です。正直なところ、狐《きつね》につままれたようです。

しかし近所の人の話では、夜遅くなるとほとんど毎日のように大声をあげ、親子の喧嘩《けんか》が始まると言います。

照子からは、

「Cさんの家庭をなんとかしてあげてください、頼みます」

と懇願されます。

私は、自分も毎日営業で疲れて帰ってくるので、正直関わるのが億劫《おっくう》だなと思っていました。できることなら、風呂に入って、ゆっくり食事をして、テレビでも見て体を休めたいのです。

しかし照子は、

「あなた、恩返しです。私もがんばるので、なんとかお願いします」

と言います。恩返しと言われたら、私も返す言葉がありません。

さっそくCさんに連絡を取って、中学3年の長男の高校受験のお世話を受け持つことにしました。

塾にも行かず、勉強もしていませんので、高校に行けるだけの学力がないとのことです。しかし彼は、私の家が好きで、来れば幸せそうな顔をしてくれます。

正直なところ私には、中学3年の子どもさんを教える学力はありません。一緒に勉強はできても、教えることはとてもできません。

とりあえずめざす学校を決めて、参考書を定め、各教科においてその1冊を徹底的に頭に叩き込むことにしました。私もハチマキをして、気合いをかけて臨みました。その長男は思いもよらず素直な子で、1年近く毎日私の家に通いました。そして私たちは、1日3時間から5時間、勉強をし続けたのです。

無報酬で、社会への恩返しでがんばりました。

ある日、私は営業でへとへとになって帰ってきました。そしてつい、ぼそっと「苦労」という言葉が、口から出てしまいました。

すると照子が言います。

「あなたは何かあると苦労した、と言います。このくらいは苦労ではないと思いますが」

たしかにこのくらいのことは苦労ではありません。見ると妻は悲しそうな顔をしています。

妻のそんな顔を見るのが辛いので、私もこれはなんとかしなければという気持ちになり、結局1年近くすったもんだしながら、その長男を京都の名門校に合格させました。

ご両親のお喜びは、それは筆舌に尽くしがたいほどでした。Cさん夫婦がたいそう喜んでくださり、それは私たちに、すべてを帳消しにしてまだお釣りのくるほどほかでは味わえない大きな喜びと満足感を与えてくださいました。

しばらくして、そのCさんの家に事件が起きました。次男のE君と両親の大喧嘩です。

口論が発展してE君は狂ったようになり灯油缶を持ち出し、家中に灯油をまき始めたのです。

Cさんの奥さんが私の家に飛んできて私を連れて行こうとしましたが、私たちはあいにく家にいませんでした。

ちょうど、私の長男の道男が家にいましたので、

「僕が父さんの代わりに行きます」

と言って、Cさんの家に急行しました。

すると、まさにライターで火をつけようとしていたところだったと言います。

「E君、やめなさい、自分の家を燃やしてどうするつもりか。話を聞くから、とりあえずやめなさい」

道男は、それは大きな声で言ったそうです。するとそのE君はライターの火を消してくれました。家中が灯油の臭《にお》いで、息もできないほどだったと言います。

その日私たちは、2人で名古屋の実家へ行った帰りで、早く帰るつもりが夜11時近くになってしまいました。

車で家の近くにさしかかると、客間の電気が煌々《こうこう》とついているので、なんだろうと家に入ると、Cさんの奥さんが、私たちの帰りを待っていてくださいました。挨拶もそこそこに「ありがとうございました、道男君のおかげです、ありがとうございました」と、私たちにすがるように泣かれるのです。

何があったのですかと尋ねても、泣くだけで声になりません。その後、あったことを詳しく聞いて、私たちも泣きました。

高校生の長男がこんなにいいことをしてくれたと思うと嬉しくて、照子と朝まで語り合ったことを覚えています。

母の教え

娘の子ども2人が、そろって京都の名門校に入りました。

一般的に子を持つ親は、名門校をめざして、小学校2~3年の頃から塾に通わせ、必死の思いで子どもの進学を世話しています。

そうした中、娘の子ども2人は、塾も、予備校も通わず、受験の半年ほど前に少しアドバイスを受けて勉強しただけで、自力で名門中学、高校に合格しました。

ちなみに姉は、地元の同志社大学の英文科、弟は、立命館大学の法科へと進みましたが、私が言うのもなんですが、親が子どもの進学に注力しなかったにも関わらず、子どもたちがすんなり名門校に入ったというケースは、おそらく京都中探しても、そんなに多くはないと思います。弟は、中学から受験して合格したのですが、面接のときの先生がこうおっしゃったと言います。

「塾に通わず、よくぞこれだけの点が取れましたね」

まるで、そんな生徒は初めて見たと言わんばかりに驚いていたそうです。

弟は当時、ラグビーに熱中していたのですが、立命館守山中学にはラクビー部がなくアメリカンフットボールに転向し、現在大学生ながら信頼も厚く光栄にも同中学のコーチとしてお手伝いをさせていただいていると聞いています。

勝手な解釈かもしれませんが、人や物を活かして生きることが、この子どもたちを生かしてくださったのではないかと思いました。

私たちが京都に出てきたとき、この子たちを育てた私の娘のきみえは1歳でした。その頃はまだ、哺乳瓶でオッパイを飲んでいたのですが、京都に来て突然オッパイを飲まなくなり、市場でいただいてきた、捨てられるような野菜を食べていたのです。

私は、「物を粗末にしてはいけない。粗末にしない人は自然が守ってくださるし、物を活かせば自分が生かされる。人や物を活かす人になってほしい」と両親や祖母からきつく教えられてきました。

私は市場で捨てられるような野菜を活かせる喜びの中で、日々ありがたく頂戴し、私たちの生きる力にさせていただきました。

娘はこのように、食べ物を大切にしようという思いの中で、粉ミルクの代わりに野菜を食べてくれ、そして自身の命を生かし、すくすくと育ち、また次の命をつないでくれました。

今となっては、この不思議ともいえる恵まれた現実が、親から教えられた「自然が守ってくださる」という言葉と合致するように思えてなりません。

私たちの子ども4人、すべて家庭を持ち、いい妻や夫、子どもたちに恵まれて平和に過ごしていますが、これも「活かすからこそ生かされる」姿そのものであると言えるのではないでしょうか。

あるとき照子が、子どもたちに、

「あの頃は何を食べたかなぁ」

と尋ねたところ、

「何を食べたか覚えてないけど、大きくなれたのだから、何かを食べたのだろう」

と言ったそうです。照子が、

「みんなにはお菓子1つ買ってあげられなくて、今でも申し訳ないと思っているのよ」

と言いましたら、

「気にすることないよお母さん、僕らは不自由していると思ったことはないよ」

と言ってくれました。

この言葉で、少しは気が楽になったかもしれませんが、子どもたちに申し訳なく、照子は忘れることはできないでしょう。

心を強くする秘策

私の母は、1933（昭和8）年、名古屋市西区栄生《さこう》で同じ地域に住む父の許《もと》に嫁《とつ》いできました。

当時はほとんどの人が見合い結婚で、母も親の勧めで父と結婚することになったそうです。お互いに見合いのとき、恥ずかしくて顔も上げられず、数日後、この人が自分の相手かと知ったとよく父が冗談を交えながら語っていたことを覚えています。

父は柔道家で、県代表で全日本柔道選手権に出場し、天覧試合に出場したことを誇らしげに語っていましたが、加納治五郎から講道館4段を授かった猛者《もさ》であり、元気な青年でした。

父は次男でしたが、長男は外語大学を出て家と離れたところで教師をしていたので、両親と3人暮らしでした。

父の両親は道路を挟んだ家の前の大きな敷地に鶏を飼い、生計を立てていました。生活は楽ではなかったと言います。

母の口からは聞いたことはありませんが、義母は大変厳しい人だったと言います。

当時はどこの家も貧乏で、大変な時代でありました。

ある日、義母が母に、「米がよく減る、あなたが実家に運んでいるのではないか」と言われたこともあったとのことでした。

また、家の中を行き来していると、「ぶらぶらと家の中を遊んでいる、なんということか！」と叱《しか》られることもあったと言います。

ですから、義母の目があると言って、母は毎日、家の中を箒《ほうき》を手に持って歩いていたと聞きます。

しかし私は、子どもの頃を思い出しても、そのような母の様子も、厳しい祖母の姿もまったく記憶にありません。

腰の低い心優しい母、可愛《かわい》がってくれた尊敬する祖母の印象が思い浮かびます。私は母を見て思うのですが、優しさとは、本当は強さではないかと思うのです。真の強さがあるからこそ、人に優しくできるのであって、心に強いものがなければ、長くは続かないと思います。

のちに父は市会議員になり、地域のために働くことになりますが、母の務めはそれまでの10倍にも、１００倍にもなりました。妻としてというだけでなく「議員の妻」としての役目と責任が重くのしかかってきたのではないかと思います。そんな中、愚痴１つ言わずに黙々とその役目を果たす母は非凡な人と言えるのではないでしょうか。

私たちが結婚したあと、母は照子をよく可愛がってくれました。

照子も母を心から慕っていました。

母は、自分の若い頃に味わった苦労の道を嫁には味わってほしくないと思っていたのかもしれません。照子のすることに、

「ありがとう、すみませんね」

「ごめんなさいね」

と、いつも労《ねぎら》う優しい言葉をかけてくれたのです。

照子はその言葉を聞くといつも、もったいない思いがして、

「お母様、そんなこと言わないでください」

と言い、涙があふれてきたと言います。

世間でよく耳にする姑《しゅうとめ》の言葉に「今時の若い者は」とか「自分たちの若い頃はこうだった」などがあります。

ともすれば、私もその1人かもしれません。

しかし、母からはそのような言葉や態度は1度も聞いたことがありません。

どうしてこうなれたのかわかりませんが、言えることは、「優しさは心の強さ」な

のだということです。きっと「底なしに強いから、底なしに優しくできる」のではないでしょうか。

照子は今でも母を鑑《かがみ》のようにしています。そして「ありがとう、すみません」の言葉をこの上なく大切にしています。

私は強い心づくりの秘策として、1つの持論を持っています。

その1つは、どんな小さなことでもいいので、定めて続けることです。

庭掃きでもいい。ガラス拭きでもいい。散歩でもいいし、短気な人なら、大声を上げないことでもいい。親の話、妻の話、またお年寄りの話をじっくり聞くことでもいいのです。

なんでもいいので、習慣づけて、それを長い間続けることだと思います。

1例を挙げます。聞いた話で恐縮ですが、これは実話です。

大阪のある中学生で、手のつけようのない不良少年がいました。その少年がいることで学校の風紀が乱れ、教師、保護者会も困惑していました。

あるとき、体育の授業を受け持つ先生が、その学校に新たに赴任して来ました。その先生が、その少年のことを知り、なんとかならないものかと対策に乗り出しました。

「どうだ、私と一緒に陸上をしないか」

生徒は当然のように断りました。

それでも先生は諦《あきら》めず、

「君ならできる、体格もいいし、いい選手になれるよ」

それでも生徒は断りました。

ある日先生が、彼の自宅を訪問しました。父親が玄関先に出てきましたが、手には日本刀を手に持って、

「なんの用だ」

と言いました。大声でそう言われて腰が引けたと言います。しかし先生は諦めずに、その生徒を陸上部に誘いました。

熱心な先生の気持ちが通じて、父親が「よかろう、君に任す」と許しをくれました。そして生徒は、陸上部に入部することになりました。

先生が最初に生徒に指図したことは、なんと自宅での皿洗い、食器洗いでした。

生徒は腑に落ちない顔をしていましたが、「皿洗いならできる」と家に帰って皿洗いを実行しました。

陸上部では砲丸投げを種目に選び、黙々と練習を重ねていました。

その中で先生は毎日、

「皿洗いはできたか」

と尋ねます。

「できました」

と生徒は答えました。最初はふてくされたような態度でしたが、日を追うごとにだんだんいい顔になっていきます。

そうした日々を重ねていったある日、その生徒は、砲丸投げで大阪一になりました。

そしてついに彼は全国大会で、砲丸投げの中学生日本新記録を出したのです。

そのときの新聞記者のインタビューで「今日までに、どんな努力をしましたか」と

尋ねられたとき、彼は、

「皿洗いです」

と答えたのです。

記者は「え？」と聞き直したそうですが、もう1度「皿洗いです」とその生徒は誇らしい顔をして答えたと言います。

私はその話を聞いたとき、清々《すがすが》しい気持ちになりました。

何が彼を変えたのかが、私にはわかります。

その生徒は、皿洗いによって心が強くなっていったのです。

来る日も来る日も、家で皿を洗う彼は、自分自身と闘っていました。先生に「皿を洗いなさい」と言われ、自宅ですから彼は面倒と思えば洗わないでいることもできるのです。それを休まずに、毎日、先生に言われた通りに、皿を洗い続けました。

自分は皿を洗うのだ、と決め、それを着実に実行したのでした。自分に課題を課して、それを実行し、結果を出し続けるという習慣は、その後、皿洗いにとどまらずその生徒の生活全般にいつしか行き渡りました。

そして、陸上競技の成績を残すまでに成長したのです。

かつて問題児と言われたその生徒は、ほかの生徒たちのお手本となりました。

両親、学校、保護者会のみなさんがどんなにお喜びになったことでしょう。

この生徒の皿洗いにならって、小さなことでも1つのことを続けてみてください。

続けていったら何かが変わってきます。必ず何かが。

生き方の師

「ありがとう」

「すみません」

とよく言う、心の優しい女性がいました。

怒った顔も、愚痴も、まったく記憶にありません。

人の話をよく聞いてあげられる、聞き名人でもありました。思い出せば今でも涙があふれ出ます。

53歳という若さでこの世を去った、前に述べた私の母のことです。

優しさは、強さだと思います。

8年間、私の母と一緒に過ごした照子は、母のことを、生涯の手本であり、鑑《かがみ》だと言います。

母のことを胸に、私が守り続けている習慣があります。それは「お礼は3回言う」です。

たとえば何かをいただいたときにお礼を言いますが、お礼は贈った側が贈ってよかったと喜んでいただいて初めてお礼となると思っています。

営業マンとしての自分だけでなく、いつでもどこでも、誰に対してでもそうありたいと実践しています。

私の家の冷蔵庫にはあふれんばかりのパンとコーヒーが詰まっています。私がコーヒーとパンが大好きだからです。

しかし、私は好きだからと言って、自分でこんなにたくさんのパンとコーヒーを買ってきたのではありません、私の周りのみなさまが、私が大のコーヒー党であり、パン好きと知っているから、プレゼントしてくれたり、おすそ分けでくださったりするのです。

パンをいただくと、

「わあ、ありがとうございます。嬉しいなあ。おいしそうなパンだなあ。私パンが大好きなんです。ありがとうございます」

コーヒーをいただくと、

「コーヒーをわざわざお持ちくださりありがとうございます。コーヒーがとても好きなんですよ。ありがとうございました」

大好きだから、何回もお礼を言っているのです。

何か頂戴しようと思って言っているのではありません。もう習慣になっていることもあり、つい嬉しくてお礼が何度でも口から出てしまうのです。

そうしているうちに、我が家にパンとコーヒーがどんどん集まるようになりました。

どうやら、嬉しくて嬉しくてお礼を言う、それが元で自然に集まってくるようなのです。

私はいろいろな体験から、「嬉しい、楽しい、ありがたい」という喜びや感動の言葉は増えるごとに、より相手の方に通じるのではないかと思っています。

その反対の、不足、不満、愚痴は、減る方向に向かうのではないかと思います。

滋賀県の琵琶湖のほとりに堅田《かたた》という古い漁師町があります。そこに江戸時代創業という歴史のある造り酒屋があります。

その近くまで行くと、お酒を飲まない私ですが、天下一品のとてもおいしいお酒と評判ですので1本買って帰ることにしています。

毎年暮れになると、新たに搾《しぼ》った名品を売り出し、私のところにもその案内が届きます。

ある年、知り合いの何か所かにそのお酒を贈りましたところ、とても喜んでくださり、みなさまから、

「おいしかった、おいしかった」

と何度もお礼を言われました。

それを聞いた私も嬉しくなって、また贈る。そうこうしながらもう10年以上も続いている人がいます。

喜びは、喜びとして返ってくるということです。

私は本の営業マンでしたが、買っていただいたお客様に、嬉しくて何度もお礼を言いました。

「林君、本くらいのことでそんなに何度もお礼を言わなくてもいいよ」

と言われるくらいでしたが、それでもお礼を言い続けました。

すると、その方々が、次に本を買われるときに必ず私を選んでくださるようになったのです。

本当に嬉しいから、その気持ちを素直に伝えるだけですが、それがだんだんと大きく膨《ふく》らんでいきます。

「嬉しい、楽しい、ありがたい」という喜びや感動の言葉を声に出して伝えることは、運命が開けていくのに通じるのではないかと思っています。

逆に仕事に不満を持ち、愚痴を並べ、お礼の言葉を忘れている人に好成績を上げられる人はいるでしょうか。長年の営業生活の中で、そのような人で成績の上がる人を見たこともも聞いたこともありません。

私は、本の営業の仕事では、本を買っていただいたお客様に、買っていただいたそのときに、

「ありがとうございました」

と心からの感謝の気持ちを伝えます。

次にお会いしたときにも、

「その節は、本当にありがとうございました、嬉しかったです」

と伝えます。そしてどこかでまたお会いしたときに、

「その節はお引き立ていただいて本当にありがとうございました」

のように、3回は必ずお礼を言うことを忘れませんでした。

そうするうちに、大勢のお客様から可愛《かわい》がっていただき、営業マンとして高いところまで押し上げていただきました。

嬉しいことがあったら何度でも言葉に出してお礼を言う。感謝の気持ちをいつまでも心の中に忘れず、何度でもその気持ちを伝える。

ありがとうの気持ちを多くの方に伝え続けることが、そういう生き方を私に教えてくれた親への恩返しだと思っています。

思いやる幸せ

あるとき、いつも気丈に振る舞っている照子が、話の流れから、

「私より、1日でも長く生きてね」

と言ったので驚きました。

「わかった、1日でも長く生きるから心配するな」

と言うと、ほっとした顔をして、頷《うなづ》いていました。

あの気丈な照子も、歳を重ねて、病を持ち、つい弱気が出てしまったのでしょう

か。

娘や娘の夫が病院へ送り迎えしてくれていますが、1度も嫌な顔は見せず、身の世話をしてくれています。息子の妻たちも料理を運んでくれたり、買い物はないかと聞いてくれたり、それはそれはよくしてくれています。

このご時世、いろいろな話を耳にしますが、私たちは平和で感謝あふれる日々を送っています。

先日も、1人の嫁とのこんなメールのやりとりがありました。

私「いつも何かとありがとう、今日はたくさんの柿ありがとう、広島の方にもよろしく頼みます」

嫁「了解しました」

私「今日はまた、いろいろありがとう、お刺身《さしみ》もいただきました、また明日も料理いただきます。お母さんも喜んでたくさん食べてくれましたよ。感謝、感謝です」

嫁「どういたしまして！」

私「今日はすごいお料理をありがとう。とうがん汁ほか、いろいろとてもおいしかった。また明日も楽しみです。お母さんもたくさん食べてくれましたよ、本当にありがとう」

嫁「またがんばってつくります」

私「感謝しています」

嫁「今食べたら、少ししょっぱかったです。ごめんなさい。気をつけます」

こんな会話がスマートホンに残されています。

こんなに嫁や周りの人たちに大切にしてもらえて、私たちは幸せ者です。

成長する人の法則

成長する人の法則 八ヶ条

人は、心持ち1つで、いつまでも成長し続けることができます。

成人したから、親になったから、子育てが終わったから、そんな区切りは関係なく、死を迎えるその瞬間まで、人としての成長を諦《あきら》めないことが、その人の人生を豊かにします。

私と照子は、お互いに、人間を高め合い、成長を続けたいと、いつもその心持ちで生きてきました。

ものをたたくと、音が出ます。

水は、自然と下に流れます。

蒔《ま》いた種《たね》は、芽《め》を出します。

そうした自然の理に則《のっと》った法則があるように、人の道にも、それを行うといつしかこうなる、という道があることに気がつきました。

これらは、私たち自身が、常にこうありたい、と共に願ってきたことです。

今日までの長い経験の中に、私と照子が互いに切磋琢磨《せっさたくま》する中で見つけた、成長の法則をお伝えします。

成長する人の法則 八ヶ条

一、人を愛し、人を大切にする

一、何事も恩返しと考えて行動する

一、愚痴を言わない

一、聞き上手になる

一、未来を見つめ、コツコツと積み重ねる

一、切り口上を吐かない

一、今を大切に、熱心であること

一、自分を信じ、堂々と誇りを持って行動する

この8つをいつも胸に携えて行動していたら、その人は成長し続け、本当の豊かさを知り、また人としての幸せにたどり着くのではないかと信じています。

焦《あせ》ることもないし、急ぐこともない。人を押しのけなくてもいいし、羨《うらや》むこともありません。自分を信じて実行し続けるだけでいいのです。そうするとどんな人でも、本当の幸福をつかむことができます。

「人を愛し、人を大切にする」

人を大切にする人は、巡り巡って必ず人から愛され、そして守られます。人が助けてくれるし、応援もしてくださいます。

その反対の人は、自然に周りから人が去っていき、孤独になります。私の経験を紹介します。

勤めていた会社の営業マンに、成績優秀なA氏がいました。

彼は負けず嫌いで、がむしゃらにがんばります。負けず嫌いは、営業マンにとっては決して悪いことではありません。いつも彼は、私をライバル視し、私に負けまいと意気込んでいました。

ある日こんなことがありました。

その日は、営業回りをする地域を決めて、支社全員で特別販売を行ない、売上成績を競う日でした。

1位から3位までの売上成績者は支社長から表彰されることになり、入賞者には賞金まで用意されました。

朝9時、営業マンたちが一斉に販売に出ました。

支店から出たとたん、A氏がうしろから私を追いかけてきて、仕事の前にコーヒーでもつきあってくれませんかと言うのです。

当時、仕事の前にコーヒーを飲むのは営業マンの半ば習慣のようになっていましたので、私は「少しの時間なら」となんの抵抗もなくおつきあいをすることにしました。

ところが席に着くなりA氏が、涙を流しながら苦しい家庭の事情の話を始めたのです。

これから仕事というときに困ったものだとは思いましたが、これもおつきあいと思い、話を聞いているうちに昼近くになってしまいました。

私はしかたなくそこで昼食をとり、さあ仕事というときには昼1時になっていました。

それから全力投球で仕事を始め、5時帰社のときには何件かは契約をいただいてきましたが、当然、満足のいく成績にはなりませんでした。

支社長が私の成果を見て、

「林さんらしくないですね、今日はAさんがトップです」

と言いました。A氏は私の3倍近くの成果を出していたのです。

そのとき初めて私は「はめられた」と気がつきました。

しかし、何も言うことはありません。すべて自分の責任です。悔《くや》しい思いをしましたが、その日は黙って帰りました。

あとでわかったことですが、彼はその日のために、前もって成績を用意していたのです。私1人が知らなかっただけで、会社のほかの社員たちは、A氏はそういう人だと承知していたのです。

A氏は数か月後、不手際が発覚し、1人として擁護《ようご》してくれる人もなく、寂《さみ》しく会社を去っていきました。

人はどんな場合でも正々堂々と生き、正義を大切にしなければなりません。人を蹴落《けお》としてまで上に上がろうとしなくてもいいのです。心で「お先にどうぞ」でいいのです。力いっぱいがんばっていれば、いつかは自ずと結果は与えられます。授かると言ったほうがいいかもしれません。

「何事も恩返しと考えて行動する」

あるとき私は仕事で挫折《ざせつ》を感じるほどの辛い経験をしました。

本をご注文くださったお客様が、納品後になって注文していないとおっしゃられたのです。

キャンセルならばともかく、注文していないとなると文書偽造につながりかねず、その後何度もお客様の下へ通いましたが、お客様は注文していないの一点張り。私は警察を呼ばれてパトカーで交番まで連れて行かれました。

こうして私は、お客様からも、警察からも、私が悪いと決めつけられてしまったのです。

どうしても腑《ふ》に落ちずにいたのですが、お客様や警察だけでなく、会社からも信用を失う日々の中で、私は営業の仕事が心底嫌になってしまいました。

それでも営業マンは、日が昇ると身なりを整えて、次のお客様の下へ行かねばなりません。定期的に通っていた学校へと向かいました。

力なく廊下を歩く私の胸ポケットには辞表が忍ばせてあります。職員室に向かって歩いていると、すれ違った先生から声をかけられました。

「しばらく見なかったけど、どうしていたのですか？　ほしい本があって林君が来るのをひと月も待っていたんだよ」

街を歩けば本屋はいくらでもあります。学校にはほかの社の営業マンも出入りしています。

しかし、この私が来るのを待っていたと言ってくださるお客様がいる。

私は心の中にこみ上げてくるものを感じ、胸が熱くなりました。そして注文書を書いていると、「林くんこっちも頼む」「待っていたんですよ」とあちらこちらから声がかかります。

私は涙があふれそうになり、胸のつかえがすうっとなくなっていくのを感じました。

一時は嫌いになりかけたお客様。しかしこのときほどお客様のありがたみを感じたことはありません。

私は胸にしまってあった辞表を破り捨てました。

理不尽にも私はうそをついているというレッテルを貼《は》られて心底落ち込みました。しかし、そのおかげでお客様のありがたみを知りました。

ということは、注文していないと私に言ったあのお客様がいなければ、私は今ある数々のお客様のありがたみをここまで感じることもなかったのです。

そう気づくと、どのお客様もみな、私にとって必要な存在なのだと思えるようになりました。そして注文していないと言ったあのお客様へも、感謝の気持ちが湧《わ》いてきたのです。

身勝手で浅はかだった自分は、それまで自分の思う通りにならないと、周りが悪いと思っていました。

しかしたとえ理不尽な出来事でさえも、何か意味があって起きている、何かに気づけというサインだ、と思えるようになったのです。

そう気がついたとき私は「営業の場をお客様への恩返しの場としよう」と考えました。

いつでも何かを教えてくださるお客様、いつでも私を育ててくださるお客様。そのお客様たちに恩返しができるのは営業の場でしかない。精一杯、その方のためになることを考えて行動しよう。そう思えるようになりました。

営業の場でこのことに気がついてから、私は家族との間のことも、これになぞらえて考えられるようになりました。

若い頃から厳しかった父親も、私に様々なことを気づかせてくださったのだ。おかげで私は、京都でゼロから生活を立ち上げる経験ができ、営業マンという仕事を自分なりに確立することができた。今こそ恩返しをするときだ。心からそう思えるようになりました。

そしてこのことをきっかけに、父へのわだかまりも、だんだんと消えていったのです。

何事も恩返しと思って行動すると、体もスムーズに動きます。そして自ずと意欲的に動けます。

親に感謝しながら、恩返しと思って行動しています。

「愚痴を言わない」

苦しいとき、不平不満が積もったときなど、人はつい口から愚痴が出てしまうものです。私もそのような思いに駆られることが、何度も何度もありました。しかし、愚痴を言う人は伸びないし、不平不満の中から、満足は生まれないのです。

愚痴が出てきそうなときに私は、鏡の前に立つことにしています。すると、顔が引きつり、青ざめ、生気のない真っ白な顔をしていることに気がつきます。自分で見ても、ぞっとするくらいです。

しかし、それに気がついたことで、半分は解決です。それから今度は、大きく深呼吸をしたり、話しかけたりたりします。元気に明るく掛け声をかけるのもよいです。時には歌を歌います。

それで気持ちが切り替わります。

愚痴を言わないことを続けていると、あることにつながります。それは「諦《あきら》めない」ということです。

どんな壁《かべ》にぶつかっても、どんな理不尽な思いをしても、口からネガティブな言葉が出そうになるのをぐっとこらえてみる。

愚痴は、口にすればするほど、膨《ふく》らんで大きくなります。そして自分が前進することを知らずに妨げています。

愚痴は、吐《は》こうと思って心にためて、それが膨らんだところで口にして吐くから不満が積もるのです。

私は愚痴をやめた、と決めてみてください。

するといつのまにか、不満も積もらなくなります。

そして気持ちがいつでも前向きになります。がんばろうと思ったことをひたすら追いかけられるようになります。結果、諦めずに進むことができます。

そしていつしか、夢が実現できるのです。

「聞き上手になる」

私は営業の仕事の中で1時間の時間をいただいたなら、59分お客様のお話を聞きます。

そして最後の1分だけ、自分が話します。それでも商品は売れてゆきました。

お話を聞くときには、頭を真っ白にして聞きます。

営業マンの中には、話を聞きながら、「お客さんがこう言っているから、次にこのことを話そう」とか「この話題が出たからこんな説明の仕方をしよう」などと、売らんかなの気持ちでいっぱいになっている人は多いと思います。

しかし、そういう気持ちが頭の中で渦巻いていると、お客様はそれを見抜きます。

お客様の気持ちが離れていきますから、当然ながらそこに共感は生まれません。

一般的に営業マンはお客様に会う前に、販売戦略を想定します。

この「想定」がじつはくせ者です。営業マンがこの想定にしがみつけばつくほど、その枠《わく》から外に行かれません。

営業マンの想定の範囲内の話をいくら聞かされても、お客様は面白くありません。

お客様の話を聞くことで、営業マンは自分の枠を越えられるのです。

お客様がお話をされるのを一生懸命に聞く。想定の枠も、思い込みも、すべて取り払って、まっすぐに聞く。

そこに初めて共感を生み出す芽が芽生《めば》えるのです。


「未来を見つめ、コツコツと積み重ねる」


どんなベテランと言われている人でも、お断りから始まるのが営業の仕事です。

たとえば一般のご家庭を回る飛び込みの営業でも、お断りが30軒も続くと、ベテランでも顔が引きつります。50軒を超えると泣きたくなります。

肩を落として社に帰ると、同僚の営業マンが大きく見え始め、成績を挙げている人が恨《うら》めしく思えます。

自分には能力がないと、次第に気持ちが鉛のように重くなっていく。営業マンならば、こんな経験をしたことがある人は多いと思います。

ここで、一番シンプルなテーマを考えてみたいと思います。

「なぜ営業マンは存在するのでしょう？」

営業マンは世の中に本当に必要とされているのか、営業マンは会社が品物を売って儲《もう》けるためのコマだ、そう思う人もいるかもしれません。

しかし、私はこの問いの答えを知っています。

商売とは、そこにない品物を、それを必要とする人のところに持って行って、交換して差し上げることです。

世の中には、必要とする品物が、手元になくて困っている人がいます。

その困りごとを助けるのが、営業マンです。

ですから営業マンは、１００パーセント、喜ばれる存在です。

お客様が必要としているものを持って行って交換して差し上げる、お客様を幸せにする役割があるのです。

ですから、どんなにお断りが続いても、品物がなくて困っている方がいるに違いない、その方にいつか巡り会い、助けるために今自分はこうして営業をして歩いているんだ、と考えるべきなのです。

諦めずに、コツコツと、ことをし続ける。ただそれだけです。

そうするといずれ必ず、自分が役に立てるようなお客様に巡り合う日がやってくると思います。

誰かの役に立つために営業をして歩く。ただコツコツと。

このことが、夢のまた夢、自分にとってはとんでもないことと思っていた、ほるぷ社のダイアモンド会員の表彰を受けることができたのでした。

積み重ねれば、どんなに大きな山でも、やがてたどり着く日がくるのです。


「切り口上を吐かない」


私は子どもの頃から苦労知らずで育ってしまいましたので、一見強そうに見えても、じつは小さなことで傷つきやすい性格です。

人からきつい言葉を吐かれたり、命令されたりすると、人一倍苦しい思いが湧いてきます。顔にも出てしまいますし、切り口上を吐いてしまうこともあります。

ですから、大勢の中で仕事をすることや、チームワークでの仕事は難しいので、1人で闘う営業職が、私の性に合っていました。

この仕事に出会えて、私は天に救われたともいえます。

営業の仕事を始める前、私は短気なところがありました。名古屋を出てきたのも、父やある人のことを許せないと思ったからでした。

しかし、営業の仕事について、お客様と日々向き合っていく中で、喜びや悲しみ、屈辱《くつじょく》、挫折《ざせつ》、時には恐怖や孤独感と闘いながら、人間として育てられました。

言いたいことを口に出すこともありますが、必ず橋をかけておくことを忘れないようにしています。

「今を大切に、熱心であること」

与えられた今は2度と戻らない大切な時です。今を大切にしましょう。

私がよく使う駅のそばに、おいしいパン屋さんがあります。それより不便な場所にもう1つ、パン屋さんがあります。

この2つはどちらもおいしいパン屋さんで、味も値段も大きな変わりはないのですが、なぜか不便な場所にあるパン屋さんのほうがお客様が多いのです。

なぜだろうと思い、何人かのお客様に、

「どうしてこのお店に買いに来るのですか?」

と尋ねてみました。すると、

「この店が好きなんです」

とみなさん答えます。どこが好きかと尋ねると、

「店の奥さんが好きなんです」

「店員さんの感じがよいのです」

との答えです。

お客様の多い理由がこの店の奥様や店員さんにあることがわかりました。

それからパンを買いに行くたびに私は、この奥さんのことを観察するようになりました。すると、ここの奥さんは、いつもとても素敵《すてき》な笑顔でいるのです。そしてどんなに店が混雑して忙しいときでも、気持ちのよい挨拶をされ、質問にも率先してていねいに答えています。

そしていつでも「ありがとうございます」と感謝の言葉を述べていますが、その顔に、声に、目に、心の底からの感謝が現れているのです。

ある日、パンを買いにこのお店に入ってパンを選んでいたとき、ちょうどその奥さんが目の前に来られたので、私は、

「いつもご盛況で結構なことですね」

とお声をかけました。すると、

「毎日が真剣勝負です」

とのお返事が返ってきました。

私はこの言葉に感動を覚えました。

私たちはともすると一生懸命やろうと思っても、疲れたなと思って気が抜けたり、つい楽なほうに気持ちが寄せられたりします。

「毎日が真剣勝負です」

この言葉は、生きている今を大切にし、一瞬一瞬を熱心に生きているということです。

今この一瞬の積み重ねが、明日につながるのです。授かった今日を、熱心に生きようではありませんか。


「自分を信じ、堂々と誇りを持って行動する」

悩みがない人は、世の中にいないでしょう。人間関係、仕事、家族、病気、いろいろな悩みに人間は日々直面し、それを解決していかなければなりません。

私は営業マンとして、お断りの連続の中で日々奮闘していました。

そんな中で、社で表彰されることもありましたが、同僚からすごいと言われても素直に喜べない自分がいました。

「林さん、すごいですね。営業をするために生まれてきたような人ですね。営業大好きでしょう」

と言われても、決まって「大嫌いです」と答えていました。「まさか?」と言われると、一段と声を強くして「本当です。大嫌いなんです」と答えました。

営業の仕事なんて、好きな人がいるわけがない。

日々お断りが続く中、めげずに次を回り続ける営業の仕事を私は辛く苦しい仕事としか受け止めることができませんでした。人からほめられるほど、意固地な思いは募るばかりでした。

そんなある日、大好きな作家の幸田文さんの講演会があり参加しました。そこで、「人生において幸せな人とは、今の自分の置かれた立場や仕事に喜びと誇りを持てる人です。不幸な人とは、自分に与えられた立場や仕事に喜びと誇りを持てない人です」

というお話をお聞きしました。

私は大きな衝撃を受け、血の気が引くのがわかりました。

不幸な人、というのがまさに私自身だったからです。

私は一家6人で京都に来て、路上生活からスタートし、照子も生死ギリギリの状態だった中で、営業という仕事にご縁をいただきました。

そしてその仕事に命を救ってもらい、家族を救ってもらい、子どもたちも学校に通うことができ、人並みの生活を送ることができるようになっていったのです。

そこまで恩のある仕事を「大嫌いだ」と平然と言っていた私は、なんという罰当たりな人間かと気がついたのです。

この日を境に、私はこの恩のある営業という仕事に対し、

「仕事が大好きです」

「営業を誇りに思います」

と日々口にするようにしました。

世界でたった1人のこの自分が毎日していることや、1度しかない人生を送っているこの自分を好きになれない人生は、宝の持ち腐れです。

自分の行動に自信を持つこと。自分を信じて堂々と行動すること。自分に誇りを持って生きることで、道は拓《ひら》けるのです。

エピローグ

現在、照子は78歳。あの難病と言われた病とは別に、骨粗鬆症《こつそしょうしょう》からくる全身5か所の骨折で身動きすらできない介護状態となっています。

風呂で湯を汲《く》んだときに背中に痛みを覚え、そのときはまだ心配ないと判断し、家事等をしながら過ごしていましたが、数日がたち、今度は椅子《いす》で腰をひねったとき全身に痛みが走り、痛くて身動きすらできなくなったのです。

慌《あわ》てて救急車を呼び、診《み》てもらって骨折がわかったのです。

家で加療ということで、私は行政のお世話になりながら、看病にあたりました。

身体中痛くて身動きもできないのですから、照子はそれはそれは辛《つら》い日々を過ごしました。枕元で私に、

「こんなになってしまって、ごめんね」

と言います。苦しい思いをしているのは照子のほうで、「ごめんね」はこちらが言

うセリフだと私は思っています。

身勝手な私に愚痴《ぐち》も言わずついてきてくれた照子に、今度は私が尽くす番だと思っているので、とことん妻に尽くすつもりでいます。

一時は、トイレはもちろん身体を動かすこともできない状態が何日も続きました。さんざん苦労をかけてきた妻、命がけで私を支え、子どもたちを守ってくれた妻に、やっと恩返しができると思うと気持ちよく介護ができます。

ですから、お礼を言うのはこちらのほうなのです。

毎日、妻のしてきたことをほんの少しだけ自分がしてみて今、その偉大さが痛いほどよくわかります。この10倍も１００倍も妻はしてきたのです。書道教師としてがんばる中、炊事、山ほどある食器洗い、掃除、洗濯、風呂洗い、トイレ掃除、４人の子育てなど、すべて妻に任せてきたのだなあ、と今さらながら気づくことばかりです。

照子と一緒に食事をする毎日を送っていますが、そんなありふれた日常の中で、照子が私にしてくれたことをふと思い出し、しみじみとそのありがたみを感じます。

照子は、おかずが魚の日には、私には尻尾のほうを絶対に出しませんでした。大きさの大小があると、必ず大きいほうをくれます。器も違いがあると、よいほうを私に出します。いつもおいしそうなほうを私にくれて、少ししかないときは自分は要らないと言います。

今は、この逆を私が照子にしています。そうすることによって再び照子がこれまでしてくれた気遣《きづか》いのぬくもりを感じ、味わい、そして愛《いと》おしんでいます。

照子は「がんばって必ずもう一度元気になるから」と心強いことを言ってくれます。私も絶対に回復できると夢を膨《ふく》らませています。

夫唱婦随《ふしょうふずい》という言葉がありますが、私たち夫婦においてはもしかすると、婦唱夫随だったのではないかと今つくづく感じております。

夫を、男を、立ち上がらせるのも、つぶしてしまうのも、伴侶の女性にかかっている。妻は夫の運命すら変える。

決して私より前に出ることはなくとも、うしろで見守りながらも、静かにその姿勢、その生き方で道を示してくれている。それが照子です。

連れ添って50年、妻に教えられ、妻に支えられてきた日々でした。

それは照子を介護する今もなお続いているのです。

照子へのつきっきりの看病が続きましたが、今はいっときも離れずにそばにいてやりたいと思います。

寂しい思いをさせてはならない、子どもや孫、家族が顔を見せてくれる、そうした環境が功を奏したのでしょう。照子はだんだんと回復を見せ、食事も進み、少しずつ散歩に出られるようにもなり、夢のようなありがたい日々を送っています。

今、私は、感謝の思いが日に日に深まっています。

照子への恩はなかなか返しきれるものではない、と感じていますが、これからも恩返しを続けていきます。照子への恩返しをすることで、自分も照子と釣り合いの取れる、そんな夫になりたいと思うのです。

２０１７（平成29）年11月３日、私たち夫婦は、２人そろって東久邇宮文化褒章《ひがしくにのみやぶんかほうしょう》を賜《たま》わりました。みなさまのおかげです。

２０１９年４月

林　薫

［著者紹介］

林　薫（はやし・かおる）

愛知県出身、人材教育研究家。父は名古屋市会議員として戦火に焼失した名古屋城再建に情熱を傾け、建設委員長として名古屋市民の夢を叶えた。名古屋で父の手伝いをしていたが、若さ故、父との確執が生まれ、妻と幼子４人をつれ裸一貫京都に移転し、野宿生活となる。どん底生活の中、（株）ほるぷに入社し、営業マンとして頭角を現し、書籍販売のプロ3,000人の中、売り上げ日本一に登りつめ、販売日本一の証ダイアモンド会員の表彰を受ける。その驚異的軌跡は読売新聞大阪本社、社内報にて１年間連載、大絶賛を集めた。30年以上にわたる厳しい営業畑を歩む。「人間力」「恩返し」「営業マンは幸せを運ぶ配達人」提唱者。

一方、日本文化の継承発展に尽力し、書団・薫会を妻照子（朱門）と共に設立、薫会主催書道展が後に京都市後援となり現在に至る。感謝状を京都市長から2回、京都市教育委員会から4回授かる。

特定非営利活動法人文化芸術伝承協会理事（前理事長）。

ハヤシ人材教育研究所所長（非営利）、合資会社・薫会代表。

主な著書は『営業は「幸せの種まき」』（太陽出版）、『人間力で道を拓く』（知道出版）、『逆境を拓く]（三想社）、『営業マンは幸せを運ぶ配達人』（ライティング）他。

〒607-8301　京都市山科区西野山百々町163-1

お問い合わせは　info@kaorukai.com

幸せのつくりかた
妻・照子の底なしの愛

二〇一九年九月二〇日　初版印刷
二〇一九年九月三〇日　初版発行

著　者　林　薫

発行者　山下隆夫

発行　株式会社　ザ・ブック
東京都新宿区若宮町二九　若宮ハウス二〇三
電話（〇三）三二六六－〇二六三

発　売　株式会社　河出書房新社
東京都渋谷区千駄ヶ谷二－三二－二
電話（〇三）三四〇四－一二〇一（営業）
http://www.kawade.co.jp/

印刷・製本　株式会社　公栄社

ISBN 978－4－309－92182－2 C0095